1판 1쇄 찍음 2017년 1월 24일
1판 1쇄 펴냄 2017년 2월 3일

지은이 | 비 가
펴낸이 | 정 필
펴낸곳 | 도서출판 **뿔미디어**

편집장 | 문정흠
기획 · 편집 | 배희선

출판등록 | 2002년 9월 11일 (제081-1-132호)
주소 | 경기도 부천시 원미구 소향로 17번길(두성프라자) 303호 (우) 14544
전화 | (032)651-6513 / 팩스 032)651-6094
E-mail | bbulmedia@hanmail.net
비북스 | http://b-books.co.kr

값 8,000원

ISBN 979-11-315-7681-6 04810
ISBN 978-89-6775-394-8 04810 (세트)

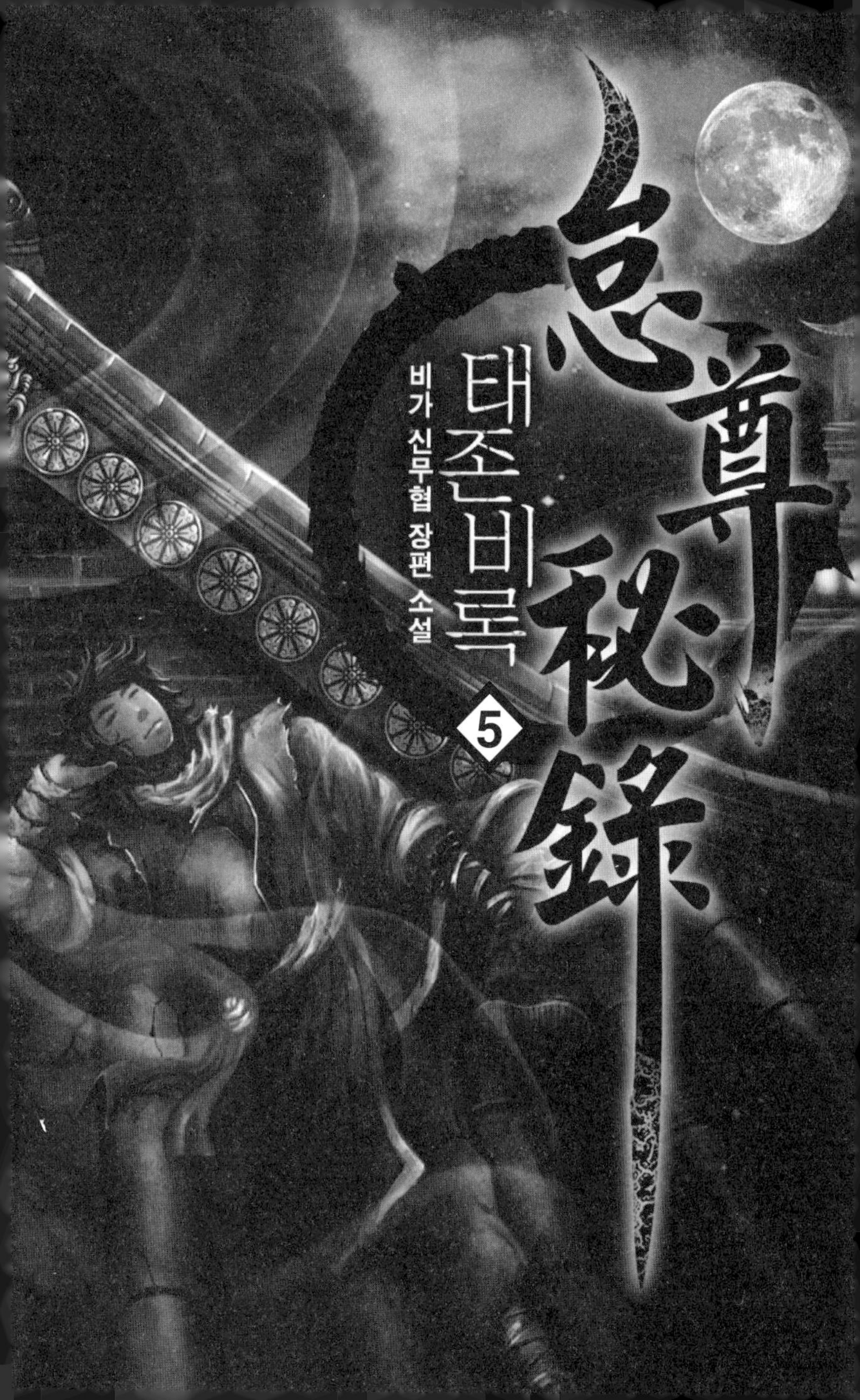

怠尊秘錄
태존비록
비가 신무협 장편 소설
5

목차

33장

게으름뱅이, 길을 떠나다

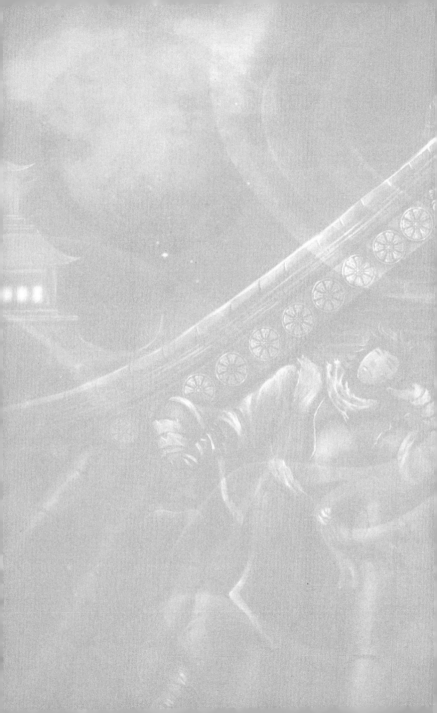

성수장은 연일 인산인해를 이루었다.

애초에 무한에서는 가장 경쟁력 있는 의원을 만들어놓은 덕에 장사가 안 되려야 안 될 수 없지만, 가짜 성수장이 망하면서 제대로 물살을 탔다.

상식적으로야 있을 수도 없고 있어서도 안 되는 일이지만, 지금 무한 땅에 대형 의원은 성수장밖에 없는 것이다. 그러니 선택의 여지가 없이 조금이라도 큰 병이다 싶은 사람은 모두 성수장으로 몰려들었다.

위연호가 진료비를 조금 올려 받아도 괜찮지 않겠냐고 물었지만, 하대봉은 대번에 손을 내저었다. 이럴 때 돈을 올려 받아버리면 언젠가 후발 주자가 나타났을 때, 환자들을 빼앗길 우려가 있다는 것이다. 잘 나갈 때가 가장 위험할 때라는 그의 지론 앞에 위연호는 딱히 반박할 말을 찾을 수 없었다.

애초에 장사에 대해서 잘 아는 것은 그보다는 하대붕이니까.

"원래 성수장이 있던 자리에 분점을 낼 생각입니다."

"돈은요?"

"잘 벌리고 있습니다. 곧 변제할 수 있을 겁니다."

"아니, 그러니까 분점 낼 돈은요?"

"지금 분점을 내지 않으면 환자들을 감당할 수 없게 됩니다. 그럼 곧 다른 의방이 문을 열 것이고, 지금의 지위를 유지할 수 없게 될 것이 빤합니다. 발전인가, 정체인가! 의방의 미래가 지금 이 순간 달려 있습니다."

"아니, 그러니까 돈을……."

위연호를 빤히 바라보던 하대붕은 고개를 끄덕였다.

"그럼 어쩔 수 없지요."

"네, 뭐. 안 되는 건 안 되는 거니까요."

"현재 의방을 담보로 하여 전장에서 돈을 빌리겠습니다."

"자, 잠시만요!"

하대붕은 한없이 진지했다.

"제가 경력도 있고 친분도 있으니, 저금리로 빌릴 수 있을 겁니다. 저금리로 대출을 해서 새 의방을 내고! 그 의방을 담보로 다시 대출을 내서!"

"……얼마면 돼요?"

위연호는 결국 백기를 들었다.

고의 속에 숨겨놓은 쌈짓돈까지 탈탈 털린 위연호가 회한의 눈물을 흘렸다.

"어쩐지 운수가 좋더라니……."

그럼 그렇지, 그의 인생이 이리 잘 풀릴 리가 없다.

하늘이 스스로 노력하는 자에게 웃어준다는 것을 감안한다면, 하늘은 결코 위연호에게 웃어줄 리가 없었다.

"그, 그거면 된 거죠? 더 필요한 건 없죠?"

"더 필요하다 해도 이제는 더 없으시니까요."

입맛을 다시는 하대붕을 보니 위연호가 가지고 있는 돈을 정확하게 파악하고 있는 것이 틀림없었다.

'무서운 인간.'

위연호가 끌어들이기는 했지만, 돈에 관한 한에는 정말 끝내주는 양반이었다.

"끄응."

이젠 남은 돈이 없다는 생각이 드니 속이 뒤집어지는 기분이었지만, 생각해 보면 위연호에게는 딱히 돈이라는 게 필요하지 않았다.

"잘 운영해 주실 거라 믿어요."

"여부가 있겠습니까."

"횡령이라도 저지르신다면 참 재밌겠네요."

"설마요."

"솔직한 심정으로는 한 번쯤은 그런 일이 있었으면 좋겠는데 말이죠."

"제가 어사 어른을 상대로 횡령을 저지를 만큼 멍청한 놈은 아닙니다. 속여 먹을 사람이 없어서 어사 어른을 속여 먹겠습니까? 게다가……."

"게다가?"

하대붕이 굳은 얼굴로 대답했다.

"그저 돈을 버는 것이 목적이었다면 전장을 떠나지 않았을 것입니다. 저의 계획대로라면 몇 년 내로는 중앙으로 올라갈 수 있었을 테니까요. 그럼 지금과는 비교도 되지 않는 돈을 벌 수 있었을 겁니다. 그저 돈이 아니라 의미 있는 일을 하고 싶어서 이 일을 택한 겁니다. 태상 장주님도 그렇지 않습니까?"

"전 돈 벌려고 한 건데요?"

"……."

뜻이 다름을 알았으나 크게 문제가 되는 일은 아니라고 스스로를 위안한 하대붕은 헛기침으로 어색한 분위기를 날려 버렸다.

"사람마다 지향점은 다른 것이니까요. 저는 최고의 의방을 지향하고, 장주님은 최고의 의원을 지향하고, 태상 장주님은 돈을 지향하면 되는 겁니다. 그것이 맞아떨어져 최고의 의원이 있는 최고의 의방이 되어 돈을 갈퀴로 쓸어 담으면 모두가 좋은 것이지요."

"그런 것 같아요."

다른 것은 귀에 들어오지 않았지만, 돈을 갈퀴로 쓸어 담는다는 말만은 확실하게 이해할 수 있었다.

"그럼 쉬십시오."

"응? 끝이에요?"

밖으로 나가는 하대붕을 향해 위연호가 가슴 가득히 차오르는 의혹을 내뱉었다.

"그럼 지금 돈 받으러 온 거예요? 총관? 총과아아안?"

하대붕은 대답이 없었다.

의방은 바쁘게 잘 돌아갔지만, 위연호는 할 짓이 없었다. 결국 위연호는 자신이 가장 잘할 수 있는 일을 하는 수밖에 없었다.

"하아아암."

드러누워 시간을 보내는 것은 위연호에게 있어서 숨 쉬는 것과도 같은 일이었다. 다른 이들이라면 등에 종기가 날 만도 하건만, 위연호의 튼튼한 등은 하루 열두 시진 중 열

시진을 누워 보내도 언제나 뽀송뽀송한 상태를 유지했다.

"이게 천국이지."

장주실 옆에 위치한 태상 장주실에 드러누운 위연호는 천상의 기분을 느끼고 있었다.

이곳에서는 그를 괴롭히는 사람도 없고, 눈치를 주는 사람도 없었다. 그야 위연호가 모든 돈을 낸 태상 장주이니 누가 딴지를 걸겠는가.

위연호를 아는 사람이라고는 진소아와 하대붕밖에는 없는데, 진소아는 환자를 보느라 정신이 없고, 하대붕은 위연호를 가만히 내버려두는 것이 의방에 이롭다는 것을 아는 사람이었다.

덕분에 위연호는 방치되고 말았다.

하지만 그 방치도 그리 오래가지는 않았다.

벌컥!

문이 열리더니 초조한 얼굴을 한 하인들이 안으로 들어왔다.

"응?"

위연호가 멀뚱한 얼굴로 그들을 바라보자 한 하인이 입을 열었다.

"저, 총관님이 방이 부족하다고……."

"으으응?"

그 많은 장원의 방을 다 썼단 말인가.

"그래서요?"

"방을 좀 내달라고 하십니다."

"끄으으응."

위연호는 이불을 잡고 바닥을 뒹굴었다. 아무리 환자가 많다고 해도 태상 장주를 쫓아내다니, 이게 말이나 되는 일인가!

"환자가 많이 아파요?"

하인은 말없이 밖을 가리켰다.

얼굴이 노랗게 뜬 환자가 풀려 버린, 동태 같은 눈을 하고는 위연호를 바라보고 있었다.

"……지금 나갑니다."

아무리 위연호가 게으름의 극에 달해 있다고는 하나 일의 경중은 아는 사람이었다. 지금 방이 필요한 사람이 그인지 환자인지 정도야 구분해야 사람 아니겠는가.

뭔가 회한이 밀려오기는 하지만, 이불을 돌돌 만 채 자리에서 일어난 위연호가 처마 위로 몸을 훌쩍 날려 올라갔다.

"자꾸 올라오는 기분이네."

그러거나 말거나 아래쪽에서는 환자를 눕힐 방을 치운다고 난리법석이었다.

"기다려! 일단 방을 한 번 닦아내자고! 여기 자국이 생겼잖아!"

"사람 모양이로 음영이 졌는뎁쇼?"

"대체 여기서 무슨 일이 있은 거지?"

"하도 문이 안 열리기에 저는 여기가 창고인 줄 알았습니다."

뭔가 듣기에 민망한 말들이 오가고 있었다. 위연호는 데굴데굴 굴러 그 자리에서 벗어났다.

"어리석은. 군자는 함부로 움직이지 않는 법인 것을."

군자 중의 군자인 문유환이 들었다면 유학의 기초부터 다시 알려주겠다고 넌지시 나무랐을 말을 서슴없이 내뱉는 위연호였다.

처마 위에 올라서 아래를 보니 의원이 어떻게 돌아가고 있는지 잘 보인다.

공사를 하면서 뭘 자꾸 건드리기에 왜 그러나 했더니, 환자들이 움직이는 동선까지 고려한 모양이었다. 위에서 내려다보자 개미처럼 줄을 지은 환자들이 중간중간 갈라져 각각의 진료실로 향하는 모습이 꽤나 재미있었다.

그러나 사람이 많이 모이는 곳에는 언제나 문제가 생기기 마련이었다.

"비켜보라고!"

"제가 먼저 줄을 섰는데요!"

"급한 환자 안 보여?"

우르르 몰려온 세 명의 남자가 행패를 부리고 있었다. 길게 늘어선 줄의 앞으로 몰려간 남자들이 자신들의 일행이 급한 환자라면서 새치기를 하려는 것이다.

"쯧쯧."

위연호는 그 광경을 보며 혀를 찼다.

어디서나 저런 인간들은 꼭 있기 마련이었다. 세상 뭐 그리 급하다고 저리 남을 괴롭혀 가며 일찍 진료를 받으려 한다는 말인가.

슬그머니 처마에서 일어나려던 위연호는 소란이 일어난 곳으로 다가가는 사람의 등판을 보고는 그 자리에 멈춰 섰다.

"엥?"

저거, 어디서 본 등판인데?

사내들에게 다가간 남자가 정중한 어투로 입을 열었다.

"……손님, 여기서 행패를 부리시면 안 됩니다."

"아니! 내가 급한……."

험악한 인상을 앞세워 새치기를 하려던 자가 다가오는 이들을 보고는 찔끔하여 고개를 숙였다.

인상도 인상 나름이지.

나름 험악하다고 생각한 그들의 인상은 지금 눈앞에 있는 남자에 비한다면 귀여운 어린아이나 다름없었다.

사내가 눈썹을 꿈틀하더니 뒤쪽을 가리켰다.

"뒤로 가시죠."

"예."

"줄만 제대로 서시면 다들 진료를 받으실 수 있습니다. 하지만 새치기를 하거나 줄에 서 있는 다른 분들께 피해를 주시는 분은 즉각 제일 뒤로 자리를 옮기게 되십니다."

사내가 콧김을 뿜으며 말을 하자 주변의 환자들이 '와!' 하고 박수를 쳤다.

위연호는 그 광경을 보며 감탄할 수밖에 없었다.

행패를 부리던 자를 순식간에 제압한 사람은 그도 본 적이 있는 사람이었다.

처마에서 훌쩍 뛰어내린 위연호가 사내에게 다가가 말을 걸었다.

"여기서 일하시게 된 거예요?"

위연호를 발견한 사내가 움찔하고는 허리를 직각으로 꺾어서 인사를 했다.

"안녕하십니까."

"네, 오랜만이에요."

사내는 일전에 성수장에서 행패를 부린 좌걸이었다. 흑지주방 소속으로 진소아와 진예란을 괴롭히던 그가 왜 이곳에서 일하게 된 것일까?

"어쩌다 여기에서?"

좌걸이 어색하게 웃었다.

"먹고살 길이 막막하니 별수가 있겠습니까. 하인이라도 해보려고 지원했는데, 총관님이 저를 발견하시고는 하인들을 통솔해 달라고 하시더군요. 가끔 이런 일이 있으면 나서서 정리도 하구요."

"오!"

위연호는 고개를 끄덕였다.

마음도 착한 사람이니, 그런 일을 시키면 잘할 것 같았다.

"근데 소아가 싫어하지 않던가요?"

"장주님께서는 사람은 언제나 옷에 먹을 묻힐 수 있지만, 묻힌 먹은 빨아 깨끗하게 만들면 된다고 하셨습니다."

"……뭔 말이래?"

"더럽게 살았으니 개과천선하라는 거지요."

"그렇게 말하면 될 걸 왜 그리 복잡하게 말한대요."

"배운 분들이라……."

실실 웃는 좌걸을 보자 위연호도 덩달아 기분이 좋아졌다.

"일은 할 만해요?"

"나으리, 흑도 일이 좋아서 한 사람이 어디 있겠습니까. 배운 것 없고 할 줄 아는 것은 힘쓰는 일밖에 없으니 그런 곳에서 일을 한 것이지, 저도 제 몸을 써서 돈을 벌 수 있다면 좋은 일을 하고 싶지요. 다행히 총관님께서 제 마음을 잘 알아주셔서 예전보다 좋은 조건으로 일을 하고 있습니다. 덕분에 마누라 바가지도 많이 줄어들었구요."

"다행이네요."

"나으리께서는…… 아! 거기! 새치기하지 말라고 했잖소! 맨 뒤로 가시오! 당신! 거기 다른 데 보고 있는 당신! 지금 내 말 안 들리시오?"

위연호는 좌걸의 등을 두드려 주었다.

"고생해 주세요."

"예, 나으리."

사람들을 향해 부리나케 달려가는 좌걸을 본 위연호가 고개를 끄덕이고는 주변을 돌아보았다.

'여긴 이제 안정됐네.'

그 말인즉, 더 이상은 위연호가 필요하지 않다는 의미였다.

"그럼 거긴 어떨까?"

위연호가 터덜터덜 걸어 대문을 빠져나갔다.

"……한산하네?"

위연호는 고개를 빼꼼 내밀었다.

며칠 전까지만 해도 그가 묵은 곳이건만, 어쩐지 조금 낯선 느낌이었다.

"하 총관의 말이 맞는 걸까?"

위연호도 비슷하게 생각하기는 했지만, 한산해진 대문 앞을 보고 있자니 뭔가 찝찝한 기분도 들었다. 여기로 왔어야 할 환자들을 그가 연 성수장이 모두 흡수한 듯한 기분이었다.

"저기……."

문을 열고 안으로 들어가자 황량한 바람만이 불어온다.

다 쓰러져 가는 초가는 여전하지만 이전까지는 그래도 환자로 북적이는 맛은 있었는데, 환자들마저 사라지자 무슨 폐가 느낌도 나는 것이, 영 음산했다.

끼익.

인기척을 느꼈는지 문이 열리더니, 진예란이 고개를 밖으로 내민다.

"오셨어요?"

"아, 예."

위연호는 어색하게 고개를 숙였다.

"안으로 드세요. 오늘은 술은 없지만 차는 있으니, 차 한잔 대접할게요."

"그냥 와본 건데요, 뭐."

"그러지 마시구요."

"정 그러시다면."

위연호는 입맛을 다시며 안으로 들어갔다.

"다른 사람들은요?"

"다들 떠났어요."

"예?"

위연호의 눈이 휘둥그레졌다.

진예란은 뭘 그리 놀라냐는 듯이 빙긋 웃었다.

"다시 시작하기로 마음먹었으면 바닥부터 시작해야죠. 이대로 여기를 끌어안고 다시 시작한다는 것은 힘들다고 생각했어요. 제가 생각하는 길을 가려면 차라리 처음부터 시작하는 게 맞다고 봐요."

위연호는 그저 고개를 끄덕였다.

그게 옳은 방법인지 아닌지는 알 수 없었다. 하지만 그녀가 그리 생각을 했다면 어느 누구도 그녀의 생각이 잘못되었다고 말할 수는 없었다.

자신의 길은 자신이 정하는 법이니까.

"밀린 봉급들을 드린다고 고생하기는 했지만, 다 끝내고 나니 홀가분하네요."

"흐응?"

위연호의 눈이 자연스레 진예란의 목덜미를 훑었다.

'……없네.'

힘들게 다시 찾아왔던 백은옥 목걸이가 사라져 있었다. 하지만 이전에 백은옥 목걸이를 맡겼을 때에 비한다면 밝은 얼굴을 유지하고 있다는 것이 다른 점이었다.

나아가겠다는 건가.

아니면 그런 척을 하는 것인가.

아무리 자신의 길을 찾았다고는 해도 어머니의 유품을

팔아야 했다는 것은 보통 일이 아닐 것이다.

"확고해요?"

"음······."

진예란이 찻주전자를 들어 위연호의 앞에 놓인 잔에 따랐다.

"사실은 조금 걱정돼요. 아니, 많이 걱정돼요."

"으음······."

"잘할 수 있을까 걱정도 되구요. 이제 곧 여기서도 떠나야 할 텐데."

"떠나요?"

"예. 처음부터 다시 시작하려구요."

위연호의 눈썹이 꿈틀했다. 다시 시작한다는 것은 좋은 일이지만, 왜 여기서 떠나야 한단 것인가.

"굳이?"

"초심이니까요."

진예란의 목소리에는 흔들림이 없었다.

"진정으로 환자를 생각하는 의원이라면 자리에 앉아서 환자를 기다리기 이전에 직접 환자를 찾아가야 한다고 생각해요. 거동이 불편해서 의원으로 오지 못하는 분들도 많으니까요."

"그렇긴 하네요."

좋은 뜻이고 좋은 마음이기는 하지만, 그 좋은 생각을 언제까지 유지할 수 있는가는 확실히 문제였다. 여인의 몸으로 가기에는 너무도 고난이 많은 길이었다.

"잘할 수 있겠어요?"

"제가 묻고 싶네요. 저는 잘할 수 있을까요?"

위연호는 조금은 뚱한 얼굴로 그녀를 바라보았다.

지금까지 누군가에게 평가를 받아오기만 한 위연호였지, 누군가를 진지하게 평가해 본 적은 없었다.

"잘할 수 있을지 없을지는 모르겠지만……."

"모르겠지만?"

"이전에 소아를 다그치던 때보다는 표정이 훨씬 나아진 것 같아서 다행이네요. 이제야 본모습을 보는 것 같아요."

진예란은 말없이 가만히 위연호를 바라보았다.

"제가 말실수를 했나요?"

"아니요."

진예란은 부드럽게 미소를 지었다.

"일부러 그런 말만 골라서 하는 건 아닌 것 같은데, 위 공자는 가끔 사람이 듣고 싶어 하는 말을 찾아주는 것 같아요."

"그래요?"

위연호는 고개를 갸웃했다.

그의 어머니나 형은 그에게 웬만하면 입을 열지 말라고 했다. 뒹굴대는 꼴만 봐도 답답한데, 입까지 열어서 나불대면 속이 뒤집어진다던가?

그런데 위연호의 말을 이렇게 좋게 평가해 주는 사람도 있으니, 참으로 오래 살고 볼 일이었다.

"그래서 이제는 소아나 성수장에서는 좀 벗어나셨어요?"

"아니요."

진예란은 단호히 고개를 저었다.

"벗어나는 게 아니에요. 증명하는 거죠."

"증명?"

"제가 직접 진정한 의원의 길을 걸어서 소아에게 제가 옳았다는 것을 보여줄 수밖에 없는 것 같아요. 성수장의 재건은 그 와중에 할 수 있으면 좋은 거구요."

"음……."

"가문을 일으키기 위해서 의원이 된 게 아니라 의원으로서의 삶에 매진을 하다 보니 가문이 일어선 것인데, 주객이 전도되었었네요."

"그 말도 맞네요."

진예란은 환히 웃었다.

"감사해요, 위 공자님. 덕분에 길을 찾을 수 있었어요. 아직은 조금 불안하고 떨리기는 하지만, 모두의 시작이 저와 같았겠죠."

"그 정도는 아닌데."

위연호는 떨떠름한 얼굴이었다.

이러다가 괜한 처녀 혼삿길 막는 것 아닌가 하는 생각이 들자 뭔가 알 수 없는 죄책감이 찾아왔다.

"그럼 오늘은 준비할 것이 너무 많아서 오래 이야기를 나누지는 못할 것 같아요."

"그렇군요."

위연호는 두말없이 자리에서 일어났다. 할 일이 있다는 사람을 붙들고 있는 것도 예의는 아니었다.

"그럼 이만."

"살펴 가세요."

위연호는 터덜터덜 걸어 무명의방을 빠져나왔다. 걸어 나오는 내내 뒤통수가 간질간질한 기분이었다.

"끄으응."

이러면 안 된다.

사실 세상의 모든 고생은 사서 하는 것이나 다름없었다. 눈을 감고 고개를 돌리면 따뜻한 침상이 기다리는 게 인생 아니던가. 괜히 쓸데도 없는 양심이라든가 마음이라는 것에 신경을 쓰다 보면······.

"알았어! 알았다고!"

괜히 하늘을 향해 역정을 낸 위연호가 서글픈 걸음걸이로 성수장이 아닌 방향으로 걸어가기 시작했다.

"네? 누구시라구요?"

하오문 무한 지부는 난리가 났다.

무한에 몇 년 동안 단 한 번도 걸린 적 없는 홍기(紅旗)가 걸린 것이다.

한 지방의 명사 이상급이나 하오문에 큰 은혜를 베푼 자들에게만 주어지는 것이 홍기다. 홍기가 걸릴 경우, 그 지역의 하오문에서는 모든 일을 뒤로 미루고 홍기주(紅旗主)의 의례를 받게 되어 있었다.

기겁을 하여 달려간 곳에는 소년과 청년의 경계가 불분명한 아이 하나가 떡하니 앉아 있었다.

"위연혼데요?"

"……위연호?"

무한의 하오문 지부장인 취서(取鼠) 곡형(谷兄)은 영문을 모르겠다는 얼굴로 위연호를 바라보았다.

'왜 이런 애가 홍기를 들고 있지?'

홍기가 하오문에서 어떤 의미를 가지고 있는지를 감안한다면, 이런 아이가 홍기를 가지고 있는 것이 이상할 수밖에 없었다.

하지만 홍기의 사용법을 정확하게 알고 있는 것으로 보아 어디서 주운 것 같지는 않다.

"홍기가 어떤 의미인 줄은 알고 계시지요?"

"그냥 걸어놓으면 찾아와서 시키는 거 하나는 그냥 해준다던데."

"……무료는 아닙니다."

"쳇."

위연호가 아쉽다는 듯이 입맛을 다셨다.

귀낭낭 모산아도 똑같은 말을 하기는 했지만 어물쩍 다시 한 번 확인을 한 것인데, 이번에도 넘어오지 않는 것을 보면 확실히 무료로 일을 해주지는 않는 것 같았다.

"의뢰할 것이 있어요. 두 가지요."

"예, 말씀하십시오. 홍기주의 의뢰는 최우선적으로 처리하도록 되어 있습니다. 그리고 의뢰와 동시에 홍기는 회수됩니다."

"그럼 좋은 게 뭐예요? 어차피 하오문이야 찾아가면 그만인데."

"최우선으로 의뢰를 해결한다는 것이 어떤 의미인지 모르시는군요. 하오문은 수많은 사람들이 찾는 곳이고, 그만큼 의뢰를 해결하는 데도 대기 순서가 있기 마련입니다. 그 대기 순서를 무시하고 최우선적으로 일처리를 해드립니다."

"좋은 건지 나쁜 건지 모르겠네."

좋기는 좋은 것 같은데, 딱히 대단히 좋은 것 같지는 않았다.

"그러니까, 공식 새치기권 같은 거네요?"

"……말하자면 그렇습니다."

"미묘하네, 미묘해."

위연호는 피식 웃고는 입을 열었다.

"한 가지 물건을 찾아주세요."

"어떤 물건입니까?"

"무명의방의 진예란이 판 백은옥 목걸이를 회수해 주세요."

"판 물건이라면 회수하는 데 돈이 들 수 있습니다. 정구매자가 팔지 않겠다고 하는 경우에는 다른 방법도 있지만, 그 방법은 위험이 따르기에 추천드리지 않습니다. 또한 되사는 것과 같은 금액을 지불하셔야 합니다."

"상관없어요."

"다른 하나는 무엇입니까?"

"호위가 필요해요."

"호위?"

"여자 하나가 혼자서 여행을 할 것 같은데, 은밀히 따르면서 변을 당하지 않도록 호위하는 임무를 맡아줄 사람을 찾아주세요."

"으음……."

곡형은 난색을 표할 수밖에 없었다.

"매우 어려운 임무입니다. 특히나 기간이 정해져 있지 않다면 더욱 그렇습니다."

"연 단위로 갱신할게요."

"……적합한 사람을 찾는 것도 쉽지 않습니다. 원하시는 무위가 어느 정도입니까?"

"어차피 무인을 만난다면 답도 없겠죠. 적당히 산도적이나 쫓아줄 정도면 되요."

"그 정도라면 그리 어렵지 않습니다. 다만, 잠행(潛行)을 해야 한다는 것이 걸리는군요. 잠행이 가능한 이를 찾으신다면 이 역시 금액이 좀 높습니다."

"둘 다 해서 얼마예요?"

"백은옥 목걸이라고 하셨습니까?"

위연호에게 대충 크기와 질에 대한 설명을 들은 곡형이 고개를 끄덕였다.

"그럼 의뢰비를 포함하여 금자 두 냥 정도가 필요합니다."

"어, 얼마요?"

"금자 두 냥입니다."

"그 목걸이가 얼마나 한다고……."

"목걸이를 회수하는 것은 그리 어렵지 않은 일이지만, 잠행을 하며 사람을 보호하는 것은 쉽지 않은 일입니다. 아, 남자로 잠행을 시켜도 된다면 가격이 꽤 줄어듭니다. 다만, 잠행의 특성상 남자가 여자를 보호할 경우……."

"여자로 하죠."

위연호는 볼 것도 없다는 듯이 손을 내저었다.

그가 생각해도 남자를 붙이는 건 문제가 컸다. 이왕이면 다홍치마라고, 여자가 붙는 것이 나아 보였다.

"홍기주께서 원하시는 급의 잠행인을 붙이는 데는 돈이 많이 들 수밖에 없습니다. 이 가격도 홍기주라는 것을 감안하여 의뢰비를 최소화한 것입니다."

"음, 두 냥이라고 했죠?"

"예, 그렇습니다."

"알아봐 주세요. 돈은 내일까지 드릴게요."

"알겠습니다."

위연호가 터덜거리는 걸음으로 밖으로 나가자 곡형이 입을 열었다.

"준비해라."

"하지만 지부장님."

바닥에서 검은 그림자가 쑥 올라왔다.

"어려 보이고 그리 돈이 많아 보이지도 않는데 금자 두 냥이라는 돈을 하루 만에 준비할 수 있겠습니까?"

"너는 홍기주의 의미를 모르는구나."

"……."

"그만한 자가 아니면 홍기를 주지도 않는다. 걱정하지 말고 준비해라."

"예."

인기척이 멀어지는 것을 느끼며 곡형은 고개를 끄덕였다.

"홍기주쯤 되는 사람이야 그 정도 돈은 어떻게든 마련할 수 있는 법이지."

그나마 인상이 좋아 보여 다행이다. 악인이라면 타인을
겁박해서 돈을 벌어 올 수도 있는데, 그럴 사람으로는 보이
지 않았으니까.

"저기요."

그때, 밖으로 나갔던 위연호가 안을 향해 다시 고개를 내
밀었다.

"예?"

"태수님 집이 어디예요?"

"태, 태수님요?"

"예."

곡형은 영문도 모르고 한쪽 방향으로 손을 뻗었고, 그 손
짓을 본 위연호가 다시 털레털레 걸음을 옮겼다.

"……태수님 집은 왜 찾는 거지?"

곡형으로서는 알 수 없는 일이었다.

"끄으으으응."

호북태수 연정립(燕正立)은 눈앞에 보이는 청년을 보며
이를 갈았다.

정확하게 말하자면, 눈앞에 보이는 청년이 살랑살랑 흔
들고 있는 책자를 보며 이를 갈 수밖에 없었다.

"그러니까…… 얼마라고 하셨는가."

"금자 두 냥이요."

"겨우 금자 두 냥 때문에 지금 나를 찾아왔다는 말인가?"

"넵."

"끄으ㅇㅇㅇㅇ응."

그가 누구인가.

호북에서는 나는 새도 떨어뜨린다는 호북 태수 연정립이다. 그런 그가 눈앞에서 깝죽대고 있는 청년 하나도 제지하지 못하고 있으니 속이 뒤집어질 수밖에 없었다.

"금자 두 냥을 받으려고 이 몸을 찾아왔다는 말인가! 금자 두 냥!"

"헐, 태수님은 금자 두 냥이 별것 아닌 것처럼 말씀하시네요. 태수 녹봉이 그렇게 높나요?"

"끄으응."

태수의 녹봉이야 빤한 것이다.

그가 지금까지 벌어들인 돈 중에 녹봉이 차지하는 지분이 얼마나 되겠는가.

다른 놈들이라면 감히 그의 앞에서 이런 말을 할 수 없겠지만, 어사는 그러한 부분을 찾아내는 것이 일인 사람이다.

게다가 그냥 어사도 아니고, 이왕야가 직접 하사한 어사 금검을 들고 있는 사람이었다. 증거가 손에 있는 이상 그의 목숨 줄을 쥐고 있다고 해도 과언이 아닌 사람이다.

"내가 이미 막대한 재물을 주지 않았는가! 그런데 그 푼돈을 얻으려고 이 야밤에 나를 찾아왔다 하니 내가 황당해서 그러는 걸세."

"돈이란 게 참 허무하더라구요. 썰물처럼 빠져나가는데, 와…… 진짜 환장하는 줄 알았어요."

내가 환장하겠다! 내가!

내가 환장한단 말이다, 이놈아!

끓는 속을 달래지 못한 연정립이 옆에 놓인 찻주전자를 통째로 들고 벌컥벌컥 차를 마셨다.

"으아아아아아아! 뜨거어어어어어!"

"저런."

자리에서 일어나 방방 뛰는 태수를 보며 위연호가 혀를 찼다.

얼마나 사람이 성질이 급하면 저 뜨거운 찻주전자를 통째로 들고 마신단 말인가.

"태수님은 성질을 좀 죽이셔야겠어요."

"밖에 아무도 없느냐!"

문이 열리고 하인이 들어오자 태수는 손에 든 찻주전자를 바닥에 내팽개치고는 소리를 질렀다.

"누가 뜨거운 차를 가져다 놓으라고 했느냐!"

"하, 하지만 태수님께서 언제나 뜨거운 것으로 준비하라고 하신지라……."

"이이이! 지금 누구 앞에서 말대답이냐!"

위연호는 고개를 좌우로 저었다.

"얼른 가서 찬 걸로 가져다 드리세요."

"예, 예이!"

너무나도 자연스러운 그 태도에 위연호가 누구인지 생각할 겨를도 없이 하인이 밖으로 뛰쳐나가더니, 차가운 차가 담긴 주전자를 들고 들어왔다.

"이리 내놓거라!"

주전자를 받아 든 연정립이 차를 벌컥벌컥 마시더니, 거칠게 내려놓았다.

한참을 혼자 씩씩대던 그가 위연호를 보며 입을 열었다.

"금자 두 냥을 주면 되는 일이지! 하지만 계속 이런 식으로 나를 찾아와서 겁박을 한다면 나 역시도 순순히 당해주지는 않을 것이다."

"이번이 끝이에요."

"확실한가?"

"예. 끝이에요."

"으으음……."

연정립은 영 미심쩍다는 눈으로 위연호를 바라보았다. 저번에도 앞으로는 볼일이 없다는 투로 말을 하지 않았던가. 그런 놈이 새벽에 침전에 잠입해서 책을 흔들어 대고 있으니, 도통 믿을 수가 있나!

"그리고 저는 솔직히 태수님을 이해할 수가 없네요."

"뭐가 말인가?"

"그렇게 걱정이 되신다면 차라리 이왕야께 서신 한 장 쓰시지그래요? 이왕야 편을 지지한다는 소견을 밝히시면 겁날 것도 없을 텐데."

"그게 말처럼 쉬운 게 아니다."

연정립은 이런 말까지 해야 하는가를 고민하다가 입을 열었다.

"녹기는 네 생각보다 훨씬 무서운 사람이다. 네가 이왕야의 사람이기에 모르고 있는 것뿐이야."

"저 이왕야 편 아닌데요."

"……그럼? 그 어사금검은 무엇이더냐?"

"그냥 뭐 들고 가라기에 들고 온 거예요."

"끄응."

차라리 이왕야 편이라고 하는 쪽이 부담이 더 적을 지경이었다. 저런 말을 뻔뻔하게 늘어놓는 놈이라니.

"그건 내가 알아서 할 일이다. 금자 두 냥이면 되는 거냐?"

"저……."

"또 뭐!"

"이왕이면 한 냥만 더 얻을 수 있을까요? 생각해 보니 제가 생활비도 없어서."

연정립은 도무지 상종 못할 놈이라는 듯이 고개를 휘휘 저었다.

"밖에 아무도 없느냐?"

다시 하인이 안으로 뛰어 들어오더니 곧게 시립했다.

"부르셨습니까?"

"가서 금자 열 냥을 내오너라."

"오오!"

열 냥이라는 말에 위연호가 반색했다.

금방 전낭이 안으로 들어오자 연정립이 미련 없이 위연호에게 던졌다.

"옛다!"

"헤헤, 감사합니다."

위연호는 예의도 발랐다.

꾸벅 인사를 하는 위연호를 보며 연정립이 혀를 찼다.

"다만."

"……네?"

"다시 한 번 이런 일이 있을 경우에는 나 역시 더 이상은 참지 않을 것임을 명심하거라."

호북 태수 자리는 투전판에서 딴 게 아니라는 듯, 위엄을 뿜어내는 연정립이었다.

"네. 다시 올 일은 없을 거예요. 그럼."

위연호가 밖으로 걸어 나가자 연정립은 한숨을 쉬었다.

"보통 놈이 아니로군."

이만큼 겁박을 했는데도 눈 하나 깜짝 안 하는 것이, 담이 큰 놈이라는 것만은 틀림없었다.

"이왕야에게 붙으라니……."

감히 누구 앞에서 그런 말을 하는 것인가.

"후후후."

위연호가 나간 곳을 보며 웃음을 터뜨린 연정립이 밖을 향해 소리쳤다.

"지필묵을 가져오너라!"

"그 아저씨, 성격 참 별나네."

본인이 한 짓은 결코 생각하지 않는 위연호였다.

손 위에서 짤랑이는 전낭의 묵직함을 느끼며 위연호가 고개를 돌려 외쳤다.

"거기 있죠?"

아무런 대답이 없었다.

"있는 거 아니까 나오세요."

스스슷.

바닥에서 검은 옷을 입은 자가 쑥, 솟아올랐다.

위연호는 그 괴이한 모습을 보고도 눈 하나 깜빡이지 않더니, 전낭에서 금자 두 개를 꺼내서 던졌다.

"이거면 되죠?"

돈을 받은 이는 금자를 받고 가만히 위연호를 바라보다 입을 열었다.

"언제부터 알아차린 거요?"

"처음부터요."

"……"

하오문의 특급 밀정인 서오(西五)는 몸을 부르르 떨었다.

암행으로는 어디에서도 뒤지지 않는다고 생각한 그이건만, 위연호는 처음부터 그가 따라붙은 것을 알고 있었다 한다.

어디부터 믿어야 하는가.

'믿지 않을 이유도 없다.'

그렇지 않았다면 이 밤에 자신의 행적을 간파할 수는 없었을 테니까.

'요주의야.'

위연호라는 인물에 대한 경계심이 들 수밖에 없었다.

"사람을 그런 식으로 미행하는 건 좋지 않아요."

"사과드리겠소."

"사과는 필요 없어요. 대신에 한 가지 의뢰를 더 수행해 줬으면 하는데요."

"무료로?"

"어렵지 않은 일이에요."

"내가 결정할 일은 아니오. 일단 의뢰를 들어보고 금액을 결정하도록 하겠소."

"한 사람의 행방을 찾아줬으면 좋겠어요. 그가 누구냐면……."

위연호의 말을 들은 서오가 피식 웃었다.

"그를 찾는 이유를 모르겠구려. 좋소, 들킨 순간 나의 잘못이 있는 것이니, 그 정도는 내가 말해 드리지. 그는 월하선인(月下善人)에 있소."

"월하선인?"

"주점의 이름이요. 당신이 있는 성수장에서 그리 멀지 않은 곳에 있으니, 행인들에게 물으면 될 거요."

"고마워요."

"그럼."

"아, 그리고 시킨 일은 제대로 진행되기를 바란다고 해 주세요."

"하오문은 의뢰를 목숨같이 여기오."

"그랬으면 좋겠네요. 될 수 있으면 아저씨만 한 실력자가 붙어주면 좋을 텐데 말이에요. 아저씨가 여자였으면 좋았을 텐데."

"후후……."

서오가 어둠 속으로 사라지자 위연호는 한숨을 내쉬었다.

"휴, 여기도 이제 끝이네."

생각보다 너무 오랜 시간을 보냈다. 한림대장원에서는

짧은 시간이지만 얻은 것이 있었는데, 이곳은 그보다 더 많은 시간을 보냈음에도 딱히 얻은 것이 없는 느낌이었다.

재물이야 얻었다지만, 죽고 나서야 재물이 무슨 소용인가.

"이제 그만 가야지."

위연호가 처량하게 하늘 위를 올려다보았다.

그를 놀리는 듯 웃고 있는 사부의 모습이 보이는 것 같았다.

"알았어요! 간다구요!"

더 많은 것을 경험하고 더 많이 배우지 않는다면 그는 언젠가 사부가 남긴 내단을 감당하지 못하고 펑! 몸이 터져 죽고 말 것이다. 그리고 위연호는 이곳에서는 더 이상 느낄 것이 없다는 것을 알 수 있었다.

진소아와 진예란은 같은 의원이지만 추구하는 바가 달랐다.

똑같은 지향점을 가지고 있지만 성향의 차이만으로 그토록이나 대립할 수 있다는 것이 신기할 정도였다.

그들을 계속 지켜보고 있으면 뭔가 깨달을 수 있을 것 같은 느낌을 받았지만, 안타깝게도 위연호에게는 딱히 와 닿는 것이 없었다.

진소아의 삶도, 진예란의 삶도…… 위연호에게는 너무 먼 것이었다.

다른 사람을 치료하는 의원의 삶 역시 그에게 별다른 깨달음을 주지 못했다.

"이게 배운다고 되는 거냐고!"

한림대장원에서도 문유환과 나눈 대화가 아니었다면 위연호는 아무것도 얻지 못했을 것이다.

다른 이들의 삶을 체험하지 않고 그저 지켜보는 것만으로 무언가를 얻을 수 있다고 생각한 그가 오만했던 것이거나, 그게 아니라면 처음부터 그의 사부가 바란 게 너무 과했던 것이리라.

어느 쪽이든 결과는 같았다.

"에잉, 갈 거라구요! 그전에 하나만요!"

위연호는 이제는 이 세상에 없는 사부에게 역정을 내며 발걸음을 재촉했다.

달빛이 세상을 환히 밝히고 있었다.

"이런 밤이 자기에는 좋은데."

태생적으로 밤에는 움직이기가 힘든 위연호지만, 오늘 모든 일을 끝내지 않으면 안 된다는 예감이 들었다.

"휴우."

위연호는 털레털레 걸어서 성수장이 있는 방향으로 향했다. 한참을 걸으며 지나는 이들에게 묻고 물어 월하선인이라는 주점을 찾아낼 수 있었다.

"……이름을 잘못 지었네."

대문 안으로 뭔가 눅눅한 느낌이 난다. 월하선인이라기보다는 월하취객이라는 말이 더 어울릴 것 같았다.

위연호는 대문 안으로 고개를 빼꼼 집어넣고는 안을 둘러보았다.

'없나?'

안력을 키워 주변을 다시 둘러보자 구석진 자리 중에서도 제일 끝에 한 사람이 앉아서 독작을 하고 있는 모습을 찾을 수 있었다.

"저기 있네."

위연호는 주점 안으로 들어갔다.

"어이!"

주점의 앞을 지키고 있던 이가 위연호를 막아섰다.

"어린애는 이런 곳에 오면 안 된다. 얼른 나가거라."

"누가 어린애예요!"

"이놈이 혼나려고!"

"일행이 있어서 온 거예요."

"일행?"

그때, 안에서 독작을 하던 이가 손을 들었다.

"나를 찾아온 손님 같은데, 들여보내 주는 것이 어떻겠소?"

주인은 안에서 술을 마시던 이와 위연호는 번갈아 보더니, 살짝 눈살을 찌푸리고는 뒤로 물러났다.

"헤헤."

거 보라는 듯 우쭐한 위연호가 안으로 들어가 그를 맞이한 자의 건너편에 앉았다.

탁.

앉자마자 잔이 앞에 놓이더니, 건너편에 앉은 이가 술병을 들었다.

"한잔하시겠소?"

"주시면 마다하진 않죠."

"좋군."

그가 위연호의 잔에 술을 쪼르르 따르더니, 자신의 잔에도 술을 채웠다.

"술 한잔하기 좋은 밤 아니오?"

"솔직히 저는 주도(酒道)라는 건 잘 몰라서 뭐라고 답을 해야 할지 모르겠네요."

"술을 즐기지 않는다니, 아쉽군. 그래도 한 잔을 함께 나눌 수는 있지 않겠소?"

"그건 해드릴게요."

위연호가 잔을 들었다.

사내가 빙긋 미소를 짓더니, 하나뿐인 팔을 들어 잔을 잡아 들어 올렸다.

위연호와 독비의 잔이 허공에서 서로 부딪쳤다.

술잔이 부딪치며 약간의 술이 바닥으로 흘러넘친다. 하

지만 독비는 개의치 않는다는 듯 잔에 든 술을 단숨에 비워
냈다.

위연호도 술을 반쯤 먹고는 오만상을 쓰며 잔을 내려놓
았다.

"요즘 들어 술을 먹을 일이 좀 생기는 것 같은데, 이걸
왜 먹는지 모르겠네요. 쓰기만 하고."

독비가 고개를 끄덕였다.

"술은 쓴 것이지요."

"그런데 왜 먹나요?"

"쓰니까."

이해할 것도 같고, 이해하지 못할 것도 같은 대답이었다.

"술이 달다면 술을 먹을 이유가 없지 않겠소?"

"저는 달면 좋아할 것 같은데요?"

"그거 유감이구려."

독비는 술병을 들어 빈 잔에 술을 따랐다.

"무슨 일로 찾아오셨소?"

"궁금한 게 있어서요."

"말씀하시오. 대답해 드리지."

위연호는 술잔에 남아 있는 술을 비웠다. 술잔이 비워지
기가 무섭게 독비가 술병을 들어 그의 잔에 술을 따랐다.

"왜 그랬어요?"

"뭐가 말이오?"

"일부러 졌잖아요."

"재미있는 말이군. 이 독비가 일부러 승부에서 졌다는 말이오?"

"네."

위연호는 태연히 대답했다.

"마지막에 육육을 만들 수 있었죠? 그런데 일부러 육육을 만들지 않은 거구요."

"후후."

독비는 대답 없이 술을 마셨다.

"원래대로라면 내가 져야 했어요. 그런데 내가 이기게 되어버렸죠. 왜 그랬는지를 알고 싶어요."

위연호는 말을 돌리지 않았다.

항상 반쯤 돌려 하는 말만 들어오다가 이런 식으로 단도직입적으로 물어오는 사람을 만나니 독비도 조금 당황스러웠다.

"그리 성격이 급해 보이지는 않는데……."

"쓸데없는 시간 낭비는 좋아하지 않아서요."

"그렇군."

독비는 고개를 들어 하늘을 슬쩍 바라보고는 입을 열었다.

"도박이 뭐라고 생각하시오?"

"도박은 도박이죠."

"우문현답이군. 그렇소, 도박은 도박이지. 도박이란 결국 승부를 겨루는 것이오. 도박판에 앉아 있는 사람들 끼리 모든 역량을 동원해서 승부를 가르는 것이지."

"승부라……."

"그런데 요즘 도박판에는 쓸데없는 것들이 자꾸 낀다는 말이지. 계획이라든가, 작전이라든가."

"음……."

위연호는 영 모르겠다는 듯 독비를 바라보았다.

"지금까지 해오던 일 아닌가요?"

"그렇소. 그런데 살다 보면 그런 것을 벗어던지고 싶을 때도 있는 법이오."

"흐음."

위연호는 영 이해가 가지 않는다는 듯이 독비를 바라보았다.

"그래서 일부러 졌다구요?"

"나는 일부러 진 적이 없소. 내 운이 거기까지였을 뿐이지."

독비는 빙긋 웃고는 말을 이었다.

"하지만 내 운이 거기까지였던 덕분에 한동안은 금화장으로 인해 패가망신하는 사람은 사라질 거요. 새로운 도박장이 나타나고 언젠가는 다시 금화장처럼 사람들의 고혈을 빨아먹으려 들겠지만, 그전까지야 다시 재밌는 도박을 할 수 있지 않겠소?"

"다 잃었을 텐데?"

"뭘 말이오?"

독비는 영 모르겠다는 듯 되레 위연호에게 물었다.

"그쪽이 쌓아 올렸던 것들요."

"후후후, 재미있는 말을 하시는구려."

독비는 술잔을 앞으로 내밀었다.

"보이시오?"

"뭐가요?"

"이 술잔 안에 뭐가 있소?"

"······아무것도 없는데요."

"그렇소?"

독비는 술잔에 술을 따랐다.

"이제는?"

"술이 있네요."

독비는 다시 그 잔을 들어 술을 마셨다.

"그럼 이제 술잔이 비었으니, 다 잃은 거요?"

"······."

독비는 고개를 저었다.

"중요한 건 차 있는 것이 아니오. 그릇이지. 나는 명성과 추종자들, 그리고 신용마저 잃었을지 모르나 내가 쌓아 올린 것은 그런 것들이 아니오. 진정으로 중요하게 여겨야 할 것은 나의 실력이지. 술잔은 술을 담기 위한 것 아니겠소? 술이 비었다고 해도 술이 담을 잔이 있는 이상 모든 것을 잃어버린 것은 아니지 않소. 오히려 아무것도 잃지 않았다고 할 수 있지."

"……뭔가 좀 궤변 같기는 한데."

위연호가 뒷머리를 벅벅 긁었다.

"궤변이면 어떻소. 내가 스스로 그렇게 생각한다면 그런 것 아니겠소?"

"그 말도 맞네요."

독비는 이상한 사람이었다.

그는 보통 사람들이 멸시하는 도박꾼이라는 일을 하고 있으면서도 스스로에 대한 당당함을 놓지 않고 있었다.

그리고 이기고 지는 것이 전부인 세상에서 살고 있고, 스스로 승부의 세계에 살아가고 있다고 하면서도 그것을 전부라 여기지 않았다.

진소아와 진예란은 옳은 길을 가고 있음에도 서로의 가치관 때문에 갈라섰다. 하지만 독비는 모두가 손가락질하고 있는 일을 하고 있으면서도 그 안에서 정도를 지키고 있었다.

그 차이는 어디에서 오는 것일까?

위연호도 고개를 돌려 하늘을 바라보았다.

— 어떠냐?

커다란 보름달에 사부의 얼굴이 겹쳐 보인다.

위연호는 아무 말 없이 한동안 그 달을 바라보고 있었다.

두어 번 위연호를 불러본 독비도 위연호가 아무 대답 없이 하늘을 바라보고 있자 말없이 홀로 술잔을 기울였다.

어디선가 바람이 불어오는 것만 같다.

위연호가 고개를 돌려 독비를 바라보았다.

"깊게 생각할 거리가 있던 모양이오?"

"참 이상하죠?"

"뭐가 말이오?"

"저는 지금까지 어쩌면 세상에서 가장 마음씨가 좋은 사람과 함께 있었을지도 모르거든요."

"……."

"하는 일도 그렇고, 타인을 배려하는 마음도 그렇고, 요즘 세상에는 참 보기 힘든 사람과 오랜 시간을 같이 있었는데도 딱히 뭔가를 느끼지는 못했어요. 나라면 감히 생각할 수도 없는 길을 잘도 걸어간다고 느꼈을 뿐이죠. 머리로는 대단하다는 것을 알겠는데 실감을 하지 못했다고 할까?"

독비는 고개를 주억거렸다.

위연호가 하는 말이 무슨 뜻인지 알 것 같았다.

"그런 사람과 함께 있으면서 딱히 느낀 게 없었는데, 도박꾼 아저씨랑 이야기를 하니 뭔가 틀이 깨진 듯한 느낌이 들어요."

"하하하하."

독비는 유쾌하게 웃고는 술병을 들었다.

"안타까운 일이구려."

비어 있는 위연호의 술잔에 술을 따른 독비가 잔을 들었다.

"하지만 너무 당연한 일 아니오?"

"당연하다구요?"

독비는 위연호의 반응이 재미있다는 듯 쿡쿡거렸다.

"옳은 일을 당연히 해야 하고, 그른 것을 저어해야 한다면 도박장은 왜 있겠소?"

"아……."

"사람이란 그런 것이오. 틀린 것임을 알면서도 그 길을 가는 것이 또한 사람이지."

"일이 중요한 게 아니라 사람이 중요하다는 말을 하고 싶은 건가요?"

"나는 그런 어려운 말은 모르오."

"음……."

"다만, 내가 하나 아는 것은……."

위연호는 가만히 독비의 다음 말을 기다렸다.

"사람이란 그런 것이라는 거요. 같은 상황에서도 서로

다른 것을 느끼고, 서로 다른 길을 가기 때문에 세상이 재미있는 것 아니겠소? 모두가 자연히 가야 할 길을 간다면 세상이 얼마나 재미가 없겠소?"

"그도 그렇겠네요."

"그러니 공자와 벌인 마지막 도박이 즐거웠던 것 아니겠소이까."

위연호는 잔을 들었다.

독비도 말없이 잔을 들었다.

둘의 잔이 허공에서 서로 맞부딪쳤다.

달이 둘을 가만히 내려다보고 있었다.

*　　*　　*

"조심해서 다녀오세요."

"걱정 마. 내 금방 다녀올게. 올 때 뭐 먹고 싶은 것 없어?"

"얼른 오시기나 하세요."

"그래그래."

좌걸은 자신을 배웅하는 집사람의 배웅을 받으면 집에서 나섰다.

"날씨 한 번 좋구나."

아침부터 햇살이 따스한 것이, 참 좋은 날이었다.

예전에 흑지주방에서 일을 할 때는 이런 아침은 상상도 하지 못하던 일이다.

집사람은 남편이 불한당이라는 죄의식에 다른 이들과 눈을 마주치지 못했고, 좌걸 역시 출근할 때마다 마음이 무거웠다. 흑지주방이 망하면서 먹고살 길이 막막할 줄 알았건만, 이리 전화위복이 될 줄 누가 알았다는 말인가.

"나오셨습니까?"

대문에 들어서자 하인들이 일제히 인사를 했다.

"곧 환자분들이 들이닥칠 것인데, 준비는 잘되고 있는가?"

"예. 걱정 마십시오."

의원이나 의녀, 약재사들은 따로 총관이 관리를 하지만, 하인들의 관리를 맡고 있는 것은 좌걸이었다. 높다면 높고, 낮다면 낮은 자리지만 좌걸은 지금의 자리에 만족하고 있었다.

녹봉도 은근히 높은 편이고 말이다.

"문제는 없는가?"

"저……."

"으응? 무슨 일인가?"

"아무래도 오늘 방이 다 찰 것 같습니다."

"……그래?"

좌걸은 뒷머리를 긁었다.

"그렇구만, 그래."

성수장은 지금 물이 제대로 들어온 상황이었다.

손님들은 끊임없이 찾아오고, 나날이 명성이 높아지고 있었다. 가짜 성수장이 망했음에도 진료비를 올리지 않자 사람들이 성수장의 진정성을 알아준 것이다.

그리고 의원들도 실력이 높은 것으로 정평이 났다. 총관인 하대붕이 돈을 아끼지 않고 뿌려 좋은 의원들을 모셔 온 것이 주요했고, 진소아가 가지고 있는 성수장의 적자라는 명성도 큰 작용을 했다.

이런 여러 요소들이 모여 성수장은 지금 범이 날개를 단 듯 승천하고 있었다.

가짜 성수장이 있던 자리에는 성수장의 분점이 들어서기로 되어 있으니 호북의 의가를 일통하는 것도 꿈은 아니었다.

다만.

딱 한 가지 문제가 있다면…….

좌걸은 눈앞에 보이는 문을 보며 한숨을 푹 내쉬었다.

모두가 열심히 일하고 있는 이곳에 단 하나, 놀고먹는 한량이 있었다.

"끄으응."

벌써 오 일째 이 문이 열린 것을 본 적이 없다. 하인들이 음식을 나를 때 말고는 열리지 않는 이 문 안에 그 양반이 있는 것이다.

"그러니까 왜 여기서……."

열심히 일하는 사람들 보기 민망하다며 하대붕이 집을 마련해준다고 했음에도 귀찮다고 방에 들러붙은 위연호가 안에 있었다.

"태상 장주님."

좌걸이 낮은 목소리로 위연호를 불렀다.

위연호가 이 성수장의 실질적인 주인이라는 것을 아는 사람은 진소아와 하대붕, 그리고 그 자신뿐이었다.

다른 두 사람이야 함께 창업을 한 사이니 아는 것이 당연한 것이고, 좌걸은 위연호가 흑지주방을 어떻게 무너뜨리고 그 재물을 어떻게 갈취해 갔는지를 아는 사람이었다.

다만, 낯부끄러우니 다른 사람들에게는 말하지 말라는 하대붕의 말에도 극히 공감하고 있었다.

좌걸은 다른 사람들에게는 들리지 않게 조심스럽게 위연호를 다시 불렀다.

"저, 태상 장주님."

대답이 없었다.

"에휴."

좌걸은 한숨을 푹 내쉬고는 마루에 올랐다. 보나마나 드러누워 자고 있을 것이 뻔하니, 위연호를 깨울 생각이었다.

"들어가겠습니다."

태상 장주라는 공경심이 없더라도 위연호가 얼마만한 고

수인지 아는 좌걸이다 보니 동작 하나하나가 조심스러웠다.

끼이이익.

조심스레 문을 열고 안으로 발을 들이민다.

"응?"

하대붕은 집무에 여념이 없었다.

"회수까지는 멀고도 험하구나."

장사는 잘되고 있지만, 투자한 돈이 워낙에 많다 보니 그 돈을 회수하는 것도 꽤나 오랜 시간이 걸릴 듯했다. 하지만 탄력은 충분히 받았으니, 장기적으로는 투자한 돈의 몇 배를 얻어내는 것도 그리 어렵지는 않을 것이다.

"그러려면 한곳으로는 안 되지."

하대붕의 머리에 차곡차곡 다음 일정들이 쌓이기 시작했다.

하지만 안타깝게도 그의 생각은 계속 이어질 수 없었다.

"총관님, 큰일 났습니다!"

"으음?"

밖에서 들려오는 목소리에 하대붕이 눈살을 찌푸렸다. 하나 목소리가 워낙에 다급하다 보니 쉬이 여길 수 없었다.

문을 열고 밖으로 나간 그가 초조한 기색으로 그를 바라보는 좌걸에게 물었다.

"무슨 일인가?"

좌걸은 다급하게 하대붕에게 무언가를 넘겼다.

"이, 이것을 보셔야 할 것 같습니다."

"이게 무엇인가?"

"태상 장주님의 방에서 발견된 서신입니다."

"서신?"

하대붕이 고개를 갸웃하고는 좌걸이 내민 서신을 향해 손을 뻗었다.

"이것이 태상 장주님의 방에서 나왔다는 말이더냐?"

"예, 그렇습니다."

"으음……."

사태를 짐작한 하대붕이 서신을 든 채 진소아의 방으로 향했다.

"기침하셨습니까?"

"예, 들어오세요."

좌걸을 대동하고 진소아의 방으로 들어간 하대붕이 서탁 위에 서신을 올렸다.

"이게 뭔가요?"

"태상 장주님께서 남기고 가신 서신입니다."

"가요? 어딜 갔다는 말인가요?"

하대붕이 넌지시 바라보자 좌걸이 설명을 시작했다.

"오늘 방이 모자랄 것 같다는 말을 듣고 제가 환자들이

거할 방을 확보하려고 장주실에 들어갔는데, 사람은 없고 그 서찰 하나만이 놓여 있었습니다."

"뭐라구요?"

진소아가 떨리는 눈으로 서찰을 바라보았다.

"그럴 사람이 아닌데⋯⋯."

봉해져 있는 봉투를 열자 그 안에서 삐뚤빼뚤한 글씨로 쓰인 서신이 나왔다. 형용할 수 없는 악필에 눈살을 한 번 찌푸린 진소아가 글을 읽어 내려갔다.

갑니다.

아무래도 좀 더 머물고 싶었는데, 계속 이러고 있다가는 천 년만년 여기에서 죽칠 것 같아서 이제 떠나려구요.

도움이 좀 되면 여기에 더 있을 생각도 해봤는데, 아무리 봐도 저는 여기에 머물러도 별 도움이 안 될 것 같더라구요. 그러니 그냥 떠나는 게 맞는 것 같아요.

의방은 알아서 잘 운영해 주세요. 다만, 한 가지 당부할 것이 있다면, 돈 너무 밝히지 마세요. 돈은 좋지만, 돈에 너무 집착하다 보면 진짜 봐야 할 것을 볼 수 없다고 사부님이 그러셨어요. 그러니 그 부분만 명심해 주시고요.

소아는 훌륭한 의원이 될 거고, 총관은 의방을 훌륭히 운영해 줄 것이라고 믿어요.

참고로 이익금은 확실하게 모아주세요. 횡령의 흔적이 발견되면 지옥 끝까지 쫓아갈 겁니다. 적당한 때가 되면 회수할 게요.

그럼 저는 이만 갑니다.

"……이게 뭔 소리야?"

진소아가 떨리는 손으로 서찰을 움켜잡았다.

"가긴 어딜 간다고!"

진소아가 고개를 들자 하대붕이 머리를 저었다.

"웬만하면 움직이지 않으시는 분이지만, 마음먹은 일은 반드시 하셨던 분입니다. 이미 떠나기로 마음을 먹으신 이상 잡는다 하여도 의미가 없을 겁니다."

"그래도……."

진소아가 여전히 감정을 추스르지 못한 얼굴로 서찰을 바라보았다.

귀찮기도 하고, 짜증나는 일도 많았지만, 지금까지 단 한 번도 위연호가 이런 식으로 떠나 버릴 것이라고는 생각하지 않았다. 앞으로 자신과 함께 이곳에 머무르면서 식충이 노릇이나 하고 살 줄 알았는데.

"이리 갑자기 떠나 버리다니."

진소아가 입술을 꽉 깨물었다.

"총관님!"

"예, 장주님."

"사람을 풀어주세요."

"예?"

"그분의 성정을 생각해 보았을 때, 아침 일찍 길을 나섰다고 하더라도 멀리는 가지 못했을 것입니다. 아직 근처에 있을 확률이 높으니 찾아주세요."

"하지만 장주님, 태상 장주님께서 이리 떠나신 것은 얼굴을 보지 않고 가고 싶다는 뜻이지 않겠습니까? 그런데 저희가 찾아나서는 것은 태상 장주님의 뜻을 반하는 것이 되지 않을지……."

"그래도 찾아주세요."

진소아는 굳은 얼굴로 말했다.

"이대로는 안 됩니다. 인사도 못하고 보낼 수는 없어요."

"끝이 아니지 않습니까. 언젠가는 돌아오실 겁니다."

"올까요?"

"예?"

"호북까지 우릴 보려고 일부러 다시 찾아올 사람이 아닌 것 같은데……."

"……."

진소아의 말은 일리가 있었다.

돈 찾으러 오겠거니 싶었지만, 생각해 보니 그건 굳이 본인이 오지 않더라도 할 수 있는 일이었다.

광동위가의 적자가 아닌가. 가문의 사람들만 보낸다 하

더라도 얼마든지 할 수 있는 일이었다.

"차, 찾겠습니다."

"어서! 서둘러 주세요!"

"예!"

"흐으으음."

위연호는 영 마음에 들지 않는다는 얼굴로 심통을 부리고 있었다.

"끄으으응."

사람이 착한 것은 참 좋은 일이다.

인자무적(仁者無敵)이라고 하지 않는가.

선한 사람은 복을 받기 마련이었다.

하지만 세상에는 과유불급(過猶不及)이라는 말도 있다.

착한 것도 정도가 있어야 하는 법이다. 착함이 도를 넘게되면 그건 호구가 된다.

지금 위연호는 호구를 보고 있었다.

"끄으으응."

세상 어디에든 빛이 있으면 어둠이 있는 법이다. 호북에서 가장 번창한 도시인 무한이니만큼 그에 따른 빈민가가형성되어 있었다.

빈민가라는 곳은 가난한 사람들이 모여 사는 곳일 뿐이지만, 빈민가의 특성상 험악한 일이 자주 발생했다. 그러니

과년한 처녀가 홀로 드나들 곳은 아니다.

그런 사실을 아는지 모르는지, 진예란은 빈민가를 여기 저기 누비며 진료를 하고 있었다.

"할머님, 무릎이 많이 안 좋으세요?"

"아이고, 말도 못해. 내가 죽어야지, 왜 이리 오래 살아서는."

"잠시만요. 제게 좋은 고약이 있어요. 이걸 바르시고……."

진예란은 그녀의 앞에 있는 노파의 다리에 직접 고약을 바르고는 붕대를 매주었다.

"원래는 이렇게 감지는 않아도 되지만, 고약이 오염될 수도 있으니 깨끗한 천으로 감싸주세요."

"……또 바를 일이야 있겠어?"

"왜 없어요. 여기 고약이에요."

진예란은 봇짐에 들어 있는 고약을 통째로 꺼내 노파에게 주었다.

"나 돈 없어!"

"돈은 안 받아요."

"돈을 안 받는다고?"

"예, 안 받아요. 돈도 없으신데 무슨 돈이에요."

"……진짜야?"

"그럼요."

진예란은 활짝 미소를 지었다.

위연호는 그 광경을 보며 가슴을 치지 않을 수 없었다.

"끄으으응!"

치밀어 오르는 짜증에 몸을 뒤집자 그가 올라가 있는 나무의 가지가 휘청한다.

삶은 계란 백 개는 연속으로 먹은 듯한 갑갑함이 밀려 들어왔지만, 따져 보면 진예란이 선택한 길이었다.

"그럼 할머니, 다음에 또 올게요."

"뭘 또 와! 다른 사람들이나 봐줘."

"예, 다음에 봬요."

진예란이 만면에 미소를 띠고 인사를 하자 퉁명스럽던 노파도 고개를 끄덕이며 손을 흔들었다.

"조심해서 가. 여기 질 나쁜 놈들이 많아. 그 얼굴로 돌아다니면 안 돼."

"예. 조심할게요."

진예란이 집을 나와 다음 집으로 향했다. 그렇게 진예란은 오전 내내 빈민가에 있는 집들을 일일이 찾아다닌 다음에야 한적한 곳을 찾아서 도시락을 꺼내 들었다.

위연호는 진예란이 자리에 앉자 나무에서 훌쩍 뛰어내렸다.

"어머?"

갑자기 자신의 앞에 위연호가 떨어져 내리자 진예란이 놀라서 눈을 동그랗게 떴다.

"그 위에 계셨던 거예요?"

"……네."

"거긴 왜?"

위연호는 울분을 토해냈다.

"미쳤어요?"

"왜 그러세요? 갑자기?"

"지금까지 쓰신 돈이 얼만 줄은 알아요? 그 고약이며 약이며 다 진 소저 돈으로 산 거죠?"

"그것 때문에 그러세요?"

진예란이 가만히 위연호를 보며 웃었다.

그 눈빛을 받자 왠지 작아지는 기분이 든 위연호가 발끈해서 말했다.

"진료를 계속하고 싶으시면 지출을 줄여요. 그렇게 퍼주다가 며칠이나 가겠어요?"

"맞는 말씀이세요. 그런데 앞으로 꾸준히 돌다 보면 약값이 들어갈 일이 줄어들지 않을까요? 여기 계신 분들은 너무 오랫동안 치료를 받지 못해서 약이 꼭 필요하신 거구요."

"끄으응."

위연호는 고개를 절레절레 젓고 말았다.

사람이 이렇게나 예쁘고 착한데 보고 있으면 답답하다니, 이것도 신기한 경험이었다.

"왜 그렇게 희생하면서 살려고 해요?"

"희생이요?"

"예."

진예란은 방긋 웃었다.

"제가 좋아서 하는 일을 희생이라고 하시니까 이상하네요. 저는 희생하고 있다는 생각을 해본 적이 없어요."

"그게 희생이 아니라구요?"

"저는 그저 아픈 사람이 낫게 되어서 활짝 미소를 짓는 게 좋을 뿐이에요."

"돈을 받아도 아픈 사람은 나아요."

"그런 분들은 다른 의원에게 가면 되겠죠. 하지만 세상에는 돈이 없어서 치료를 받지 못하는 사람들이 너무 많아요."

위연호는 답지 않게 굳은 얼굴로 진예란을 바라보며 말했다.

"혼자서 세상을 바꿀 수는 없어요."

"알아요."

진예란 역시 흔들리지 않는 눈으로 위연호를 마주 바라보았다.

"세상을 바꾸겠다는 거창한 생각으로 시작한 일이 아니에요. 그저 제 앞에 있는 한 명의 환자를 외면하고 싶지 않아서 시작한 일이에요."

"끄으응."

위연호는 한숨을 푹 내쉬었다.

"그래도 최소한의 진료비라도 받을 수는 있잖아요."

"의원을 하다 보면요……."

진예란이 조곤조곤한 목소리로 설명을 시작했다.

"너무 아파서 참고 또 참다가 더 이상은 참을 수 없어서 의원을 찾아오는 사람들이 있어요. 의원으로서 그런 사람들을 그냥 외면할 수 있을까요?"

"으음……."

"저는 그럴 수 없었어요. 그래서 치료를 하다 보면 결국에는 소문을 듣고 다시 사람들이 모여들죠. 그전까지는 돈을 내고 치료를 받던 사람들도 왜 내게는 돈을 받느냐고 말을 해요. 그럼 결국 단 한 명이라도 무료로 치료를 할 생각이라면 진료비는 받으면 안 되는 거예요."

위연호가 뒷머리를 벅벅 긁었다.

"그렇다고 굳이 그 길을 진 소저가 갈 필요는 없잖아요?"

"굳이 제가 그 길을 가는 게 아니에요. 제가 그 길을 가는 사람 중의 한 명이 되는 거죠. 딱히 대단한 사명감 같은 걸로 시작하는 게 아니에요. 그냥……."

진예란이 환히 웃었다.

"그냥 좋으니까 하는 거죠, 좋으니까."

위연호는 활짝 웃는 진예란의 미소를 보고는 한숨을 푹 내쉬었다.

무슨 말을 해도 소용이 없다. 이런 얼굴을 한 사람은 다들 자신의 길을 걷기 마련이다.

"모르겠네요, 모르겠어."

위연호가 품 안에서 무언가를 꺼내서 진예란에게 내밀었다.

"……이건?"

진예란의 눈이 흔들렸다.

"자꾸 팔아먹는 거 보면 그리 중요해 보이지는 않는데, 그래도 찝찝해서 일단 가져왔어요."

백은옥 목걸이.

어머니의 유품을 본 진예란의 눈에 눈물 한 방울이 고였다.

"이제 약속해요."

"예?"

"이건 내가 찾아다 준 거니까, 이제 팔아먹지 말아요. 돈이 급하다고 해도."

"……저번에도 혹시?"

"약속이나 해요."

진예란이 고개를 끄덕이고는 위연호가 내민 백은옥 목걸이를 받아 들었다.

"약속할게요."

"쯧."

위연호가 손을 내리고는 가만히 진예란을 바라보았다.

알 수 없는 여자다.

"그럼 저는 가요."

"어디 가세요?"

"볼일 다 봤으면 가봐야죠. 언제까지 여기서 살 수는 없잖아요."

"성수장에 머무르시는 거 아니었어요?"

"저도 그러고 싶은데……."

위연호는 한숨을 쉬었다. 그의 사부와 얽힌 일들을 일일이 설명할 수는 없는 노릇이었다.

"여하튼 한곳에 오래 머무를 수가 없어요. 인연이 있으면 언젠가는 다시 만나겠죠. 그럼."

위연호가 손을 흔들자 진예란도 얼떨결에 마주 손을 흔들었다. 위연호는 미련 없이 몸을 돌리고는 걸어갔다.

갑작스런 상황에 정신을 차리지 못하던 진예란이 소리쳤다.

"위연호 공자님!"

위연호가 고개를 돌린다.

"고마웠어요!"

저 멀리 위연호가 손을 흔드는 모습이 보였다. 진예란은 말없이 그가 멀어지는 모습을 바라보다 작게 뇌까렸다.

"고마웠어요."

작은 산들바람이 불어와 그녀의 머릿결을 훑고 지나갔다.

34장

게으름뱅이, 휘말리다

그 게으름뱅이가 왜 그리 쉽게 길을 떠났냐고?

그야 나는 모르지.

응? 왜 모르냐고?

자네는 내가 천리안이라도 가지고 있는 사람으로 보이는 건가?

내가 위연호를 만나서 함께 행동을 한 것은 그 뒤로도 한참 뒤야. 그전에 벌어진 위연호의 행적에 대해서는 조사한 것과 전해 들은 말로만 아는 것뿐이지.

이해가 안 간다고?

그야 당연하지.

위연호는 원래 그런 놈이니까.

그런데 그게 꼭 위연호의 잘못만은 아니야.

내가 가만히 지켜보면서 알게 된 건데, 위연호라는 놈은 자기가 스스로 뭔가를 하려고 애쓰는 부류가 아니란 말이지. 그러니까 보통은 사고를 안 쳐야 정상이거든.

생각을 해보라고.

방에 드러누워서 시간을 때우는 것이 유일한 인생의 낙이라고 생각하는 사람이 사고를 치면 얼마나 사고를 치겠나.

애초에 사고라는 것은 인간과 인간이 만났을 때 벌어지는 일이지 않은가.

그러니 접점이 적고 활동력이 극히 부족한 위연호는 사고라는 걸 치지 않아야 정상이라는 거지.

그런데 이상하게도 위연호의 주변에는 사건, 사고가 끊이지를 않는단 말이야.

가만히 그냥 그 자리에 있는 것만으로도 주변에 사고가 폭풍처럼 몰아닥치지.

거꾸로 생각하면 불쌍한 거야.

자네는 아무것도 안 했는데 자네가 그곳에 있다는 이유만으로 온갖 사고가 다 일어난다고 생각해 보게. 사실 위연호가 워낙에 무던한 성격이라 그렇지, 보통 사람이라면 신경쇠약에 걸리고도 남았을 거야.

응?

이번 일도 그래.

보통은 그게 그렇게 얽히면 안 되는 거거든.

그냥 위연호는 길을 갔을 뿐인데 일이 마구 얽혀 들어온 것 아닌가.

무슨 소리냐고?

들어봐.

"……실수다."

실수라는 말은 어울리지 않을지도 모른다. 실수라는 말이 의도치 않게 잘못을 저지른다는 것을 의미한다면, 이것은 실수라고 볼 수 없었다.

왜냐면 이것은 순간의 잘못이 아니라 계산의 실패이기 때문이었다.

길을 떠난 위연호는 얼마 지나지 않아 자신의 잘못을 깨달을 수밖에 없었다. 위연호를 아는 사람이라면 모두가 생각할 수 있는 잘못을 되레 그가 생각하지 못했다는 것은 안타까운 일이었다.

길을 떠난 위연호는 두 가지 문제와 직면했다는 것을 알
아냈다.

첫 번째는 목적지다.

"어디로 가지?"

일단 떠나야 한다는 생각이 앞서 뛰쳐나오기는 했는데,
갈 곳이 없었다.

정확하게 말하자면 갈 곳이야 많다. 어차피 갈 곳이 정해
져 있는 것도 아니고, 아무 데나 가서 늘어지면 그만이다.
문제는 그가 도착한 곳에서 반드시라고 해도 좋을 만큼 새
로움을 경험해야 한다는 점이었다.

두 번째는…….

"언제 도착하지?"

인간은 의외로 지구력으로는 최상위의 동물이다. 그저
꾸준히 걷는 것만으로도 하루에 백 리를 갈 수 있는 것이
사람이 아닌가.

문제는 꾸준히였다.

위연호에게는 튼튼한 두 발이 있지만, 하루 다섯 시진을
꾸준히 걸을 수 있는 인내력이 없었다.

"삼 일쨌데."

성수장에서 나온 지가 벌써 삼 일이 지났는데, 그는 아직
무한의 끄트머리를 헤매고 있었다.

이대로 길을 계속 간다면 호북을 벗어나는 데만 해도 한

달이 넘게 걸릴지도 몰랐다.

조금 걷다 보면 시원한 나무 그늘이 나오고, 조금 걷다 보면 시원한 냇가가 나오는데, 사람이 어떻게 계속 길만 갈 수 있다는 말인가.

준비성도 좋게 미리미리 준비한 건량을 뜯으면서 나무 그늘에 앉아 있다 보면 잠이 솔솔 밀려올 수밖에 없었다. 그렇게 한숨 자고 나면 하루가 지나갔다.

"아, 안 돼."

이미 삼 일을 그리 보냈건만, 또 한 번 잠에 빠질 뻔한 위연호가 퍼뜩 고개를 들었다.

'이러다가 길바닥에 붙어버릴지도 몰라.'

예전처럼 구걸신공이 화경에 이르렀을 때라면 길바닥과 함께하는 삶도 나쁘지는 않았다. 드러누워 있기만 해도 돈이 다발로 굴러 들어올 테니, 데굴데굴 굴러서 호북을 빠져나갈 수 있었을 것이다.

하지만 안타깝게도 지금의 위연호는 구걸신공이 퇴보를 하다못해 주화입마에 걸려 있었다.

잘 먹고 잘 자서 살이 통통하게 오른 데다가 피부도 얼마나 좋은지 꿀이 흐를 지경이었다.

이런 얼굴로 구걸을 하다가는 맞아 죽기 십상이었다.

"아쉽네."

위연호는 입맛을 다셨다.

하지만 없는 것은 없는 것이고, 지금은 당면한 사태를 해결해야 한다.

결국 위연호는 한 가지 결론을 내릴 수 있었다.

제 발로 걸어서 이곳을 벗어난다는 것은 꿈과 같은 이야기다. 그러니 대신해서 그를 옮겨줄 이들을 찾아야 했다.

대로변 구석에 앉은 위연호는 지나는 이들을 물색하기 시작했다.

이곳이야 무한에서 나가는 길인 만큼 기다리다 보면 마차 한 대씩은 지나갈 테니까.

"……마차는 얼어 죽을!"

안타깝게도 세상에는 개똥도 약에 쓰려면 없다는 말이 있지 않은가.

살면서 운이 좋은 적이 단 한 번도 없었다는 것을 실감한 위연호는 문득 깨닫고 말았다. 그를 태워 갈 마차 따위는 세상에 없다.

그게 아니라면 반나절을 기다리고 있는데 단 한 대의 마차도 지나가지 않을 수는 없는 법이었다.

"그냥 오늘은 여기서 잘까?"

동굴 바닥에서 오 년을 잤던 위연호다. 비야 피할 수 있을지 모르지만, 축축한 습기가 가득하고 심심하면 벌레가 튀어나오는 동굴에서 오 년을 살았는데 길바닥이라고 해서 못 잘 이유가 없었다.

슬슬 모든 것을 포기하려고 할 찰나.

달그락달그락.

위연호의 귀에 바퀴 굴러가는 소리가 들려왔다.

"마차?"

고개를 획 돌려보니, 확실히 뭔가 굴러오고 있었다.

단지 말이 끄는 마차가 아니라 노새가 끄는 달구지라는 것이 차이일 뿐이다.

위연호는 자신의 앞으로 천천히 다가오는 달구지를 보다가 반색했다.

그의 처지에 마차고 달구지고 가릴 것이 뭐가 있는가.

되레 딱딱한 마차 천장에 얹혀서 가는 것보다야 짚이 깔려 있는 달구지 뒤에 실려 가는 것이 훨씬 나았다.

"안녕하세요?"

위연호가 자리에서 벌떡 일어나 달구지를 모는 노인에게 말을 걸었다.

"무슨 일인가?"

"죄송한데, 가시는 곳까지만 좀 얻어 타고 갈 수 있을까요?"

"가는 곳?"

"예. 지금 다리가 너무 아파서 못 걷고 있거든요. 인정을 발휘해 주시면 후사하겠습니다."

"후사라……."

노인은 빙긋 웃었다.

"어차피 가는 길에 사람 하나 태워 가는 걸로 사례를 바랄 생각은 없네. 그런데 길이 갈리지나 않을까 걱정이구만."

"괜찮습니다. 가시는 곳까지만 태워주시면 됩니다."

"이상한 말이군. 뭐, 좋네. 타게."

위연호는 예의도 바르게 허리를 꾸벅 숙였다.

"감사합니다."

희희낙락하며 위연호가 달구지에 올라타자 노인이 노새의 엉덩이를 툭툭, 쳤다.

노새가 한 번 낮게 울고는 다시 달구지를 끌고 가기 시작했다.

'[구나.'

달구지에 드러누워 하늘을 보고 있자니, 더없이 평온한 기분이 들었다. 내가 다리를 움직이지 않아도 몸이 옮겨지고 있으니, 이보다 더 즐거운 일이 어디 있겠는가.

"어디로 가는 길인가?"

"딱히 정한 곳은 없어요. 호북만 아니면 돼요."

"나그네인 모양이로군. 정처 없이 떠도는?"

"꼭 그런 건 아니지만, 비슷하다고 할 수 있겠네요. 어르신께서는 어디 다녀가는 길이세요?"

"나는 무한에 들른 길이지. 지금은 집으로 가고 있단다."

"아, 그러시군요."

위연호는 고개를 끄덕이고는 더 말을 잇지 않았다.

"더 묻지 않나?"

"네? 뭘 더 물어야 하나요?"

"보통은 그렇게 말이 끝나면 사는 곳이 어디냐고 묻지 않는가."

위연호가 헤, 웃더니 입을 열었다.

"어디로 다녀가시는지만 알면 된 거죠. 그런 것 꼬치꼬치 캐물으면 안 좋아하는 사람도 많잖아요."

"후후, 예의가 바른 건지, 예의가 없는 건지 모르겠구만."

"사실 예의 바르다는 말은 잘 못 들어봤어요."

"그리 무례한 성격은 아닌 것 같은데?"

"그러게요. 이상하죠?"

위연호는 노인과 도란도란 말을 나누었다. 하지만 시간이 조금 지나자 결국 대답을 제때 하지 못하는 일이 늘어났다.

꾸벅꾸벅 졸기 시작한 것이다.

"많이 피곤한 모양이로군."

"엇!"

크게 고개를 떨어뜨린 위연호가 화들짝 놀라 눈을 떴다.

"죄송합니다."

"아닐세. 차라리 그냥 편히 누워서 한숨 자는 것이 어떤가?"

"에이, 얻어 타고 가는 주제에 그런 무례까지 저지를 수야 있나요. 사부님께서는 사람은 예의와 도리를 알아야 한다고 하셨어요."

노인은 너털웃음을 지었다.

"스승께서 아주 올곧은 분이신가 보군. 하지만 예의라는 것은 서로가 맞아야 하는 것이 아닌가. 내가 괜찮다고 한다면 사부님께서도 탓하지는 않으실 것이네."

"워낙 꼬장꼬장한 양반이라서……."

"나이가 많으신가?"

"나이는 엄청 많……다고 해야 할지."

귀신으로 오래 살았으니 나이가 많다고 해야 하나?

"괜찮네. 사부께서도 이해할 것이니, 어서 한숨 주무시게. 뒤에서 그러고 있는 것을 보니 내가 마음이 더 답답하구만."

"정 그러시다면."

위연호는 헤헤, 웃고는 달구지 바닥에 드러누웠다.

짚에서 냄새가 나지 않는 것을 보니, 새로 깐 지 얼마 되지 않은 모양이었다. 위연호는 은근슬쩍 짚 안으로 파고들었다. 따스한 것이, 잠이 솔솔 몰려온다.

"그럼 무례를 저지를게요."

"허허허, 그것이 무례라 한다면 세상에 무례가 아닌 것이 어디 있겠는가. 갈라서야 할 곳이 되면 깨워줄 터이니 어서 한숨 자도록 하시게."

"예, 감사합니다."

위연호는 천천히 잠에 빠져들었다.

"이보게."

"……."

"이보게, 일어나 보시게."

"으음?"

위연호가 눈을 번쩍 떴다. 하늘은 이미 컴컴해진 뒤였다.

"아쉽지만 그만 여기서 헤어져야 할 것 같네."

"헐, 제가 너무 오래 잤네요."

위연호는 달구지에서 뛰어내리고는 허리를 깊이 숙였다.

"태워주신 은혜는 뼈에 새기고 잊지 않을게요."

"……그럴 필요까지는 없네. 그저 마음이 맞는 것 같아서 태운 것뿐이니까. 그런데 괜찮겠는가? 이 근처에는 민가가 없는데."

위연호가 배시시 웃었다.

"나무에 올라가서 자도 되고, 바닥에 굴을 파고 자도 되죠. 여기까지 태워주신 것만 해도 감사한데, 더 바라면 염

치가 없겠죠."

"그렇구만. 그럼 조심해서 가게나."

"예, 그럼."

위연호가 고개를 다시 한 번 숙이자 노인은 빙그레 웃고는 달구지를 몰아 위연호에게서 멀어졌다.

한참 동안 달구지를 몰아 가던 노인이 고개를 돌려 뒤를 바라보았다.

"재미있는 아이로군."

순간, 노인의 눈에 안광이 충천했다.

"적월(赤月)."

"예!"

노인의 말과 동시에 아무것도 없는 허공에서 한 사내가 갑자기 나타나듯 떨어져 내려 시립했다.

"하명하십시오."

노인은 적월이라 불린 사내를 가만히 바라보다가 느릿하게 입을 열었다.

"저 아이의 정체에 대해서 조사를 해보거라."

"바로 시행하겠습니다."

"그리고……."

"예!"

노인의 입에서 지금까지와는 전혀 다른, 위엄 가득한 목소리가 흘러나오기 시작했다.

"적월단의 단주로서 아이의 눈도 피하지 못한 바, 이번 일을 마치는 대로 한 달의 근신을 명한다."

"……이행하겠습니다."

"끌끌끌, 재미있는 일이야."

노인이 달구지를 몰아 가자 바닥에 부복했던 적월이 고개를 들었다. 그의 눈에는 의아함이 묻어 있었다.

'아이의 눈도 피하지 못했다고?'

그럼 아까 달구지에 탔던 아이가 자신의 존재를 파악하고 있었다는 말인가?

자신을?

믿을 수 없는 이야기지만, 노인의 입에서 나온 말이니만큼 믿지 않을 도리가 없었다.

'정체가 무엇인가?'

적월이 낮게 가라앉은 눈으로 위연호를 두고 온 곳을 돌아보았다.

"으으음, 산중이네."

위연호는 주변을 둘러보았다.

아무리 봐도 인기척은 조금도 느껴지지 않았다.

"왜 여기다 내려준 거지?"

뭔 억하심정이 있을까 싶어 하는 생각은 아니었다.

달구지를 얻어 탄 것이니, 어디에다 내려주든 그건 주인 마음이었다. 내려준 곳이 마음에 들지 않는다고 해서 내려준 사람을 탓해서는 안 된다.

다만, 위연호가 그런 생각을 한 이유는 이곳이 산 한중간이라는 것 때문이었다.

굳이 이곳에다 위연호를 내린 이유는 지금부터 노인이 향할 곳이 다른 사람과 함께 가서는 안 되는 곳이라는 뜻이었다.

이런 깊은 산중에 타인과 함께 갈 수 없는 곳이라······.

"집인가 보지, 뭐."

위연호는 깊이 생각하지는 않았다.

그림자를 달고 다니는 사연 있어 보이는 노인이니, 뭔가 남에게 말하지 못할 이유가 있다고 해도 이상할 건 없었다.

그리고 그런 타인의 사정에는 관심을 가지지 않는 것이 맞다.

말해줄 만한 일이었다면 진즉 말해줬을 테니까.

중요한 점은 그런 것이 아니라 지금 위연호가 있는 곳은 이름 모를 산의 한중간이라는 것이고, 이미 해는 졌다는 것이다.

해가 저문 산에서는 함부로 움직이지 않아야 한다. 그건 삼척동자도 알고 있는 상식이었다.

물론 위연호는 상식적인 사람이었다. 그리고 혹여나 상식이 거꾸로 되어 해가 저문 산에서 빨리 움직여 벗어나야 한다고 해도 위연호는 움직이지 않을 것이다.

환한 대낮에도 제 발로 걷기 싫어하는 위연호가 이런 밤 중에 길을 재촉할 리는 없었다.

"어디 보자."

해가 졌으면 자야지.

그건 인간으로 태어난 이상 반드시 지켜야 할 진리였다.

위연호는 적당한 잠자리를 찾아서 주위를 두리번거렸다.

이 근처에서 찾을 수 있는 가장 완벽한 잠자리는 짐승 굴 일 것이다. 커다란 굴이 있어 노린내만 참아낼 수 있다면 따뜻하고 아늑한 잠자리가 될 수 있다.

하지만 깊은 산이 아닌 이상 사람이 들어가 잘 수 있을 만큼 커다란 굴을 찾기란 쉽지 않은 일이니 논외로 쳐야 한 다.

그렇다면 두 번째로 찾을 수 있는 곳은 짐승 굴이 아니라 동굴이다.

짐승 굴처럼 뽀송하지 않고 습기에 젖어 눅눅하겠지만, 그래도 비바람을 피할 수 있으니 좋은 잠자리라고 할 수 있 었다. 다만, 안타깝게도 아무리 주위를 둘러보아도 동굴 비 슷한 것도 찾을 수가 없었다.

세 번째로 생각할 수 있는 것은 직접 굴을 파는 것이다.

이 경우는 짐승 노린내를 걱정할 필요도 없고, 습기를 걱 정할 필요도 없다. 게다가 위연호야 무공을 익혔으니, 굴을 파려고 마음만 먹는다면 순식간에 팔 수 있다. 약간의 노력만 더하면 된다.

"하하하."

하나 위연호는 웃고 말았다.

그 약간의 노력을 하기 싫어서 굴을 찾는 것 아닌가.

위연호는 결국 마지막 방법을 택하기로 했다.

주위를 둘러보던 위연호가 저 멀리 보이는 커다란 나무를 향해 천천히 걷기 시작했다.

"처마에서도 자는데, 나무라고 못 잘쏘냐."

그래도 이왕이면 다홍치마라고, 등을 대고 눕기 편한 커다란 나무가 좋았다. 멀지 않은 곳에서 큰 나무를 발견한 위연호가 터덜터덜 걸어서 나무를 향해 다가갔다.

"음산하네."

오늘은 달이 그리 밝지 않아서인지 숲속이 고요했다. 이상하게 짐승 소리조차 들려오지 않고 있었다.

"조용해서 좋지, 뭐."

위연호가 나무를 타고 올라갔다.

"흐음."

나무 위에 올라선 위연호가 가장 큰 가지를 찾아서 드러누웠다.

"밤이니까."

해가 뜬 이후에 산을 내려가도 충분할 것이다.

등에 멘 봇짐 안에서 담요를 꺼내 덮은 위연호가 그대로 잠을 청했다.

보통 사람들이라면 이런 곳에서 태연히 잠을 잘 수는 없겠지만, 위연호는 그 눅눅했던 동굴에서 오 년을 버틴 사람이다. 이정도면 푹신한 침상이나 다름없었다.

적어도 바닥에서 등을 찢을 듯한 한기가 올라오지 않는다는 것만으로도 충분히 좋은 잠자리라고 할 수 있었다.

그 사실을 증명하듯 등을 붙인 지 얼마 되지도 않았는데 위연호는 천천히 잠에 빠져들었다.

잠이란 건 자면 잘수록 더 부족하기 마련이었으니까.

*　　*　　*

"못 찾았다구요?"

"예. 송구합니다."

진소아는 반쯤 넋을 놓으며 그 자리에 주저앉았다.

"못 찾다니, 이게 무슨 말입니까. 그분이 어떤 분이신데 벌써 무한을 빠져나갔을 리가 없는데."

"너무 빨라도 문제지만, 너무 느려도 문제인 법이지요. 일반인의 예측으로는 도무지 동선을 알 수 없는 분입니다."

"그렇다고는 해도……."

진소아는 망연자실했다.

위연호와 천년만년 함께할 것이라고는 생각하지 않았지만, 이런 식의 이별이 올 것이라고도 생각하지 않았다.

"방법이 없는 것입니까?"

"하오문이나 개방에 의뢰를 한다면 종적을 찾을 수는 있겠지만, 그게 무슨 의미가 있을까 싶습니다. 뜻이 있어 떠나신 길이시니, 저희가 찾아뵙는다고 하더라도 돌아오시지는 않을 겁니다."

"그렇겠죠."

돌이켜 보면 위연호는 항상 자신의 뜻을 관철시켜 왔다.

"휴……."

더 이상 위연호를 찾아나서는 것이 덧없다고 느낀 진소아가 고개를 끄덕였다.

"그분의 뜻이 그러신데, 더 귀찮게 해서는 안 되겠죠."

"차라리 의원을 번창시켜 나가는 쪽이 그분의 뜻을 따르는 길이라고 생각합니다."

"예. 무슨 말씀이신지는 알겠어요."

대답은 어렵지 않았지만, 진소아는 가슴 한쪽이 텅 빈 듯한 기분을 느껴야 했다.

누님과도 반쯤 결별해 버린 이상 그는 이제 천하에 혼자 남은 것이나 다름없었다. 그 와중에 위연호의 존재가 그나마 위안이 되어주었는데, 그런 위연호마저 떠나 버리자 진득한 외로움이 밀려왔다.

"총관님! 총관님! 장주님!"

그 순간, 밖에서 다급한 목소리가 들려왔다.

"무엇인가?"

"사람이 찾아와서 서신을 전달했습니다! 태상 장주님이 보내신 것 같습니다."

"당장 가지고 들어오게!"

하지만 그 말은 굳이 할 필요가 없었다. 진소아가 버선발로 밖으로 뛰어나가더니, 좌걸의 손에 들린 서찰을 빼앗듯 낚아챘다.

진소아 친전(親展).

겉면에 쓰인 글자를 확인한 진소아가 단숨에 봉투를 찢어내고는 서찰을 활짝 펼쳤다.

소아, 보거라.

그냥 떠나려고 했는데 마음에 걸리는 일이 있어 다시 편지한다. 뭔가 구질구질한 기분이 들어서 찝찝하기는 하지만, 꼭 전해야 할 일이라고 생각해 서신을 보내는 것이니 내용을 읽어보고 스스로 판단하길 바란다.

지금 네 누나는 빈민가를 돌며 환자들을 치료하고 있다. 무명의방을 정리하고 남은 돈으로 환자들에게 돈을 퍼 주는 미련한 짓을 하고 있다.

말려도 보았지만, 본인의 뜻이 워낙 확고해서 막을 수가 없다.

이대로 두면 곧 모든 재산을 다 잃고 패가망신할 기세이니, 뭔가 수를 내야 할 것 같다.

누이와의 인연을 끊겠다는 생각이라면 이 서찰을 잊어버리면 된다. 하지만 그게 아니라면 네 이름을 밝히지 않고 적절히 약값과 생활비 등을 몰래 지원하는 것이 좋을 것 같다.

참고로 안전에 대한 문제는 내가 나름의 조치를 취해두었으니 걱정할 것 없다.

인연이란 쉽게 끊어지는 것이지만, 혈육의 정이라는 것은 결코 끊기지 않는 것이다.

한때의 혈기로 천추의 한을 남기지 말기를 바란다.

진소아가 서찰을 내리고는 한숨을 쉬었다.

"그냥 지원하라고 하시면 될 일을."

얼마나 쑥스러웠으면 이렇게 말을 빙빙 돌려서 적은 것일까.

"무슨 일입니까?"

"여기 보세요."

하대붕이 서찰을 읽고는 고개를 끄덕였다.

"확실히 맞는 말이군요. 장주님의 누님이십니다. 홀로

그리 다니시다가 사정이 나빠지기라도 하면 장주님의 명성에도 누가 될 것이 분명합니다. 제가 익명으로 약재들을 따로 지원하겠습니다."

"제가 또 한 번 빚을 지네요."

"……장주님은 이미 충분히 제 몫을 해주고 계십니다."

"그럴까요?"

"정 빚이라고 생각하시면, 지금 이상으로 훌륭한 의원이 되어주시면 됩니다. 그럼 저는 그것을 바탕으로 더 많은 돈을 벌게 될 테니, 태상 장주님께도 좋은 일이 아니겠습니까?"

"그렇죠."

진소아가 고개를 끄덕였다.

"그럼 이럴 시간이 없네요. 공부를 하러 가야겠어요."

그때, 대문 안으로 들어온 한 사내가 하인들과 뭔가 쑥덕대더니 진소아를 향해 걸어왔다.

"응?"

만약 환자라면 저 긴 줄을 무시하고 안으로 들어오지는 않을 것이다.

"무슨 일이십니까?"

좌걸이 사내를 막아섰다.

한눈에 보아도 범상한 사내가 아니었다.

깨끗하기 그지없는 붉은 무복을 차려입고, 이마에는 단

정히 영웅건을 맨 사내. 그 눈빛은 밝고 정정하기 그지없고, 허리에 찬 거대한 도는 두려움과 경외심을 동시에 가져다주었다.

'위 공자가 이렇게만 생겼어도 어쩌면 흑지주방이 망하지는 않았을 텐데.'

과거 흑지주방주가 누누이 설명하던 소영웅의 모습이었다.

"말씀 좀 묻겠습니다. 여기 위연호라는 사람이 있지 않습니까?"

"위 공자님은 왜 찾으십니까?"

진소아의 눈이 날카로워졌다.

"알고 계십니까?"

진소아는 대답을 하지 않았다. 칼을 찬 사람이 갑자기 지인을 찾는데 순순히 대답을 해줄 만큼 진소아는 강단 없는 사내가 아니었다.

"아!"

상황을 이해한 사내가 공손히 포권을 했다.

"저는 하북팽가의 팽도극이라고 합니다. 무맹의 일로 위연호 소협을 뵈러 왔습니다."

"무맹이라구요? 하북팽가?"

진소아가 아무리 의원이라고는 하나 정무맹과 하북팽가의 이름은 모를 수가 없었다.

"그런 분들이 왜 위 공자님을 찾는 겁니까?"

"나쁜 뜻으로 찾는 것이 아닙니다. 일전에 제가 그분의 모종의 일에 휘말린 적이 있는데, 그 일과 관련하여 여쭐 것이 있어 찾는 것이니 의심을 거둬주시기 바랍니다."

"아……."

진소아는 바로 의심을 풀었다. 그는 결코 어리숙하거나 남을 쉽게 믿는 사람이 아니지만, 그런 그가 바로 의심을 풀어야 할 만큼 하북팽가와 정무맹이라는 이름이 의미하는 바가 컸다.

"먼 길을 오신 것 같은데, 아쉽게도 위 공자님께서는 삼 일 전에 떠나셨습니다."

"삼 일 전입니까?"

"예. 삼 일 전에 갔습니다."

"혹시 어디로 갔는지는 모르십니까?"

"그건 저도 잘……."

"그렇군요."

팽도극은 실망한 듯한 얼굴이지만, 이내 고개를 들고는 포권을 했다.

"실례했습니다. 그럼 강녕하십시오."

팽도극이 포권을 하고 밖으로 나가자 진소아가 멍한 얼굴로 물었다.

"총관님."

"예, 장주님."

"우리 위 공자님이 그렇게 대단한 분이셨나요? 정무맹이 왜 위 공자님을 찾는 거죠?"

"대단이라……."

하대붕이 턱수염을 가볍게 쓸어내리고는 피식 웃었다.

"그 나이에 그런 심계와 무위를 갖춘 분을 대단하지 않다고 하면 누가 감히 대단하다는 말을 쓸 수 있겠습니까? 태상 장주님은 와룡 중의 와룡이십니다."

"그, 그렇죠?"

"그럼요. 물론이죠."

하지만 하대붕은 한 가지 말을 굳이 덧붙이지는 않았다.

와룡은 와룡인데, 그놈의 와룡이 말 그대로 드러누워서 일어날 기미를 보이지 않았다.

와룡도 날아야 와룡이지, 계속 누워 있다 보면 그냥 잊혀질 뿐이다.

"계기가 있어 날아오르셔야 할 텐데."

"네?"

"아닙니다."

하대붕은 손을 휘휘 젓고는 진소아를 끌고 진료실로 향했다.

"너무 시간을 끌었습니다. 이제 일하셔야죠."

*　　*　　*

위연호는 이상한 느낌에 가만히 눈을 떴다.

'뭐지?'

보통 한 번 잠에 빠진 위연호가 제 스스로 눈을 뜰 일이 거의 없다는 것을 감안하면, 아직 해가 뜨지도 않았는데 위연호가 스스로 눈을 떴다는 것은 매우 놀라운 사건이었다.

한동안 자신이 왜 일어났는지를 고민하던 위연호는 곧 그 이유를 찾아낼 수 있었다.

'이게 뭐지?'

눈앞에 어른거리는 무언가를 발견한 위연호가 눈을 크게 떴다.

*　　*　　*

'조금 더 빨리.'

서문다연(西門茶煙)은 전력을 다해 경공을 전개했다.

어둠이 내린 산속을 전력으로 달린다는 것은 결코 쉽지 않은 일이지만, 그녀가 지금 할 수 있는 선택은 쉽지 않은 일을 해내서 살아남든가, 아니면 하지 못해 죽든가의 둘 중 하나였다.

조금 전부터 바늘로 콕콕 쑤시는 듯한 통증이 일던 단전은 이제는 완전히 진력이 고갈 났는지, 달군 쇠꼬챙이로 찌르는 듯한 느낌을 주고 있었다.

'아직 안 돼.'

눈앞이 흐릿하고 다리는 더 이상 감각이 없지만, 멈출 수는 없었다.

그녀의 뒤를 쫓아오고 있는 이들은 결코 자비를 모르는 자들이었다. 그들에게 잡힌다면 곱게 죽는 것으로는 끝나지 않을 것이다.

그 사실을 잘 알고 있는 그녀였기에 아무리 힘이 든다고 해도 결코 멈출 수는 없었다.

'좀 더!'

서문다연은 후들거리는 다리에 힘을 줘 경공을 전개하고 또 전개했다.

하지만 의욕만으로는 한계가 있었다.

내공이 바닥나자 속도는 느려지기 시작했고, 안력이 흐려져 주변을 구분하는 것도 힘들어져 갔다.

그 사실을 실감한 서문다연은 특단의 대책을 내릴 수밖에 없었다.

'이대로는 안 돼.'

애초에 그녀를 쫓고 있는 이들의 무위는 그녀보다 훨씬 뛰어났다. 최상의 상태로 도주를 한다고 해도 따라잡힐 확률이 높은데, 이렇게 내공이 바닥나 버리면 일각도 되기 전에 따라잡히고 말 것이다.

체력이 더 빠져 냉정한 생각을 하지 못하게 되기 전에 대책을 세워야 했다.

'도주는 무리야.'

결론을 내린 서문다연이 차선책을 찾았다. 이대로 계속 달아날 수 없다면 결국은 숨을 곳을 찾는 수밖에는 없었다. 적당한 곳을 찾아서 숨을 죽이고 그들이 지나가기를 기다려야 했다.

그들이 숨어 있는 서문다연을 찾지 못하고 그냥 지나칠 확률은 높지 않지만, 이대로 도주하는 것보다는 훨씬 현실성이 있는 계획이었다.

생각은 짧고, 행동은 빨랐다.

서문다연의 눈이 주변을 훑었다. 가장 적당한 은신처를 찾아내느냐에 그녀의 생명이 달려 있었다.

'바다은 안 돼.'

그녀를 쫓는 이들도 그녀의 행동 정도는 예상하고 있을 것이다. 그러니 되레 허를 찔러야 했다.

서문다연의 시선이 위로 올라갔다.

이 주변에서 가장 눈에 띄는 곳을 찾아야 한다.

등잔 밑이 어두운 법 아닌가.

누구도 그곳에는 숨지 않을 것이라고 생각하는 곳이 가장 안전한 곳이다.

'저기다!'

서문다연이 눈을 빛냈다.

그녀의 앞쪽에 커다란 나무가 보였다.

이 주변에서 가장 눈에 띄는 곳이라면 단연 저 나무였다.

도박이기는 하지만, 저들을 완벽히 속여 넘기려면 이 나무가 가장 최적의 은신처였다. 서문다연이 입술을 꽉 깨물고는 나무로 몸을 날렸다.

두세 번의 도약으로 나무에 접근해서는 빠른 동작으로 나무 위로 기어올랐다.

울창하게 우거진 가지들 사이로 몸을 숨긴 서문다연이 숨소리를 낮추었다.

'진정해.'

쿵쾅대는 심장 소리가 거슬린다.

지금 그녀를 쫓아오는 이들 정도의 무위라면 크게 뛰는 심장 소리 만으로도 그녀의 위치를 찾아낼 수 있는 것이다. 서문다연은 길게 심호흡을 하며 날뛰는 호흡을 진정시켰다.

'제발!'

어설프게 몸을 숨기려고 했다가는 바로 발각이 될 것이다. 주변과 동화되듯이 모습만을 감추는 것이 아니라 그녀의 존재 자체를 완벽하게 숨겨야 한다.

어려운 일이지만, 할 수 있다.

눈을 감고 천천히 주변과 동화되어 가던 그녀가 이상한

느낌을 받은 것은 그 때쯤이었다.

'왜 이리 위화감이 들지?'

동화가 쉽지 않았다.

어린 시절부터 자연과 일체가 되는 것이 무학의 근본이라 하여 언제나 동화되는 훈련을 받아온 그녀에게는 처음 있는 일이었다.

'마음이 급해서 그런가?'

하기야 이런 상황에서 물아일체로 들어가 본 적은 없었다. 지금이라도 귀식대법을 펼치는 것으로 방향을 바꿔야 하나 고민하던 그녀가 눈을 떴다.

'꺄아아아아악!'

순간적으로 입을 틀어막지 않았다면 분명히 비명을 질렀을 것이다.

'뭐야? 뭐냐고! 뭐야!'

가지에 매달린 그녀의 시선 아래로 희끗한 형체가 자리하고 있었다. 가장 큰 가지 위에 한 남자가 드러누워 있는 것이었다.

'왜 몰랐지?'

있을 수 없는 일이었다.

쫓기고 있는 와중이다 보니 그녀의 신경은 날카로울 대로 날카로워져 있었다. 그런데 빤히 드러누워 있는 남자를 지금에야 발견하다니.

너무 놀라서 심장이 목구멍으로 튀어나올 것만 같았다.

'이 인간은 대체 뭐야?'

나무 위에 올라와서 잠을 자고 있는 것도 어이가 없는데, 떡하니 담요까지 꺼내 덮고 자고 있지 않은가.

사내도 서문다연의 존재를 눈치챘는지, 감고 있는 눈을 뜨고는 빤히 그녀를 올려다보았다.

"어……."

그의 입이 쩌억 벌어지기 시작한다.

'아, 안 돼!'

평소였다면 대체 왜 이런 곳에서 잠을 자고 있느냐를 물었겠지만, 안타깝게도 지금은 그럴 만한 상황이 아니었다. 지금 이 순간에도 그녀를 쫓던 악귀들이 빠르게 이곳으로 접근하고 있을 것이다.

서문다연은 생각할 겨를도 없이 아래로 뛰어내렸다.

"어?"

그러고는 한 손으로 사내의 입을 틀어막고 다른 손으로 목을 조였다.

"……끕?"

"쉿."

살짝 조인 목을 풀어주며 서문다연이 최대한 작은 소리로 사내의 귀에 입을 대고 속삭였다.

"쫓기고 있어요. 저를 쫓는 이들은 무척이나 무서운 자들이니, 들키면 공자도 무사하지 못할 거예요. 최대한 기척을 죽이고 있으면 안전할 테니 조용히 있어주세요."

다급하긴 하지만 겁을 먹은 티를 내면 사내가 공포에 질려 무슨 짓을 할지 모른다는 생각에 최대한 조심스레 말을 꺼냈다.

사내는 서문다연의 말을 알아들었는지 별다른 반응을 보이지 않았다.

"낮게 숨을 쉬세요."

사내가 고개를 끄덕였다.

'휴우,'

그래도 무슨 말인지는 알아들은 것 같았다.

말귀를 못 알아먹는다 싶으면 목을 조여서 기절시킬 생각까지 있었지만, 다행히 이해를 한 모양이다. 잠에 빠진 사람은 기척을 죽인 사람보다 더 많은 소리를 내기 마련이니, 할 수 있다면 깨어 있는 채로 같이 숨을 죽이는 것이 좋았다.

'위치를……'

그 순간, 저 멀리서 낮은 파공음이 들려오기 시작했다.

서문다연의 얼굴이 살짝 질렸다.

아직 제대로 된 위치를 잡지도 못했는데 어느새 그들이 접근하고 있는 것이다. 이제는 다른 곳으로 이동하기는 늦었다. 서문다연은 사내의 입을 막고 있는 손에 힘을 주며 사내에게로 바짝 붙었다.

워낙에 커다란 가지라서 아래쪽에서 본다면 둘의 모습이 가려질 수도 있을 것 같았다.

서문다연은 아래로 흘러내린 담요를 발로 잡아 올리면서 최대한 사내에게로 밀착했다.

"끄⋯⋯."

"쉿."

사내가 뭔가 말을 하려 했지만, 서문다연은 다급하게 그를 달랬다.

"제발 조용히 해요. 걸리면 우리 둘 다 죽어요."

사내가 영문을 모르겠다는 눈으로 서문다연을 응시했다.

"제발."

상황은 이해 못하지만, 다급함만은 충분히 이해한 모양이었다.

사내가 고개를 끄덕였다.

뭔가 더 설명하고 싶기는 하지만, 이제는 말을 하는 것도 위험했다. 서문다연은 한 손으로 사내의 입을 꽉 누르면서 자신의 몸을 최대한 사내에게로 붙였다.

귓가로 수풀이 스치는 소리가 들려온다.

눈으로 볼 수는 없지만, 그들이 가까운 곳까지 접근한 것이 분명했다.

서문다연의 이마로 식은땀이 흘러내리기 시작했다.

'걸리지 않을 거야.'

서문다연이 암시하듯이 되뇌었다.

이곳에 숨어 있는 것이 발각된다면 그다음은 뻔했다. 서문다연은 결코 그들의 손에서 벗어나지 못할 것이고, 처참한 죽음을 맞이하게 될 것이다.

아무리 목숨을 내놓고 사는 곳이 강호라고는 해도 이 꽃다운 나이에 죽고 싶은 생각은 없었다.

그 순간, 사내의 입이 꿈틀댔다.

서문다연이 기겁을 하여 사내의 입을 꽉 눌렀다. 그러면서 다른 손으로 입가에 손을 가져갔다. 제발 조용히 하라는 뜻이지만, 사내는 그 말뜻을 알아듣지 못했는지 꿈틀꿈틀했다.

'대체 왜 이러는 거야?'

분명 알아듣게 설명을 했는데도 이렇게…….

'아!'

사내의 얼굴이 시퍼렇게 질리는 것을 본 서문다연이 깜짝 놀라 손을 슬며시 뗐다.

사내가 금방이라도 터질 듯한 얼굴로 천천히 숨을 내쉰다. 그 와중에도 숨을 크게 쉬지 않는 것이 고맙기도 하고, 사람의 숨통을 막고 있었다는 생각에 미안하기도 하고… 복잡한 심정이었다.

심통 가득한 얼굴의 사내가 서문다연을 가만히 노려보더

니, 가지에 머리를 대고는 눈을 감아버렸다.

'이상한 사람이네.'

이 급박한 와중에서도 그런 생각이 들었다.

보통 이런 경우에는 주변에 누가 접근하지는 않을까 싶어서 기웃거리고 싶은 게 사람이고, 그게 아니라도 귀라도 쫑긋하기 마련이었다.

그런데 이 사내는 그런 것에는 전혀 관심이 없다는 듯이 눈을 감아버렸다.

신기한 반응이지만, 지금은 그런 것에 신경을 쓸 때가 아니었다. 서문다연은 사내가 제발 소리를 내지 않기를 빌면서 숨소리를 낮췄다.

사르륵, 사르륵.

옷단이 수풀에 스치는 소리가 들려온다.

소리만 들으면 뭔가 천천히 이동하는 소리 같지만 사실은 지금 주위에 있는 자의 무공이 워낙 높아서 그런 것뿐, 지금쯤 고속으로 이동하며 그녀의 종적을 찾고 있을 것이다.

바로 그 순간.

"어디로?"

바로 밑에서 낮은 목소리가 들려왔다.

텁.

기겁을 하여 소리를 지를 뻔한 순간, 아래쪽에서 손이 올라오더니 서문다연의 입을 덮었다. 그러고는 그녀를 쭉 끌어당겼다.

'아!'

방금 큰 실수를 할 뻔했다는 것을 깨달은 서문다연이 밑을 내려다봤다. 조금 전까지 눈을 감고 있던 사내가 한심하다는 눈으로 서문다연을 바라보고 있었다.

"종적을 찾을 수 없습니다."

"찾아라."

"예!"

아래에서 파공음이 일더니, 여러 사람이 사방으로 흩어지는 기색이 느껴졌다.

서문다연은 최대한 기척을 죽이고 몸을 바짝 아래로 붙였다. 바닥에 누워 있는 사내의 가슴에 머리를 대고 있으려니 낮은 심장소리가 들려온다. 외간 남자와 이렇게 바짝 밀착해야 한다는 사실이 껄끄럽기는 하지만, 죽는 것보다는 나았다.

얼마나 시간이 지났을까.

한참을 숨을 죽이고 있던 서문다연이 고개를 들었다.

사내는 다시 눈을 감고 있었다.

'다 간 건가?'

그녀의 종적을 발견하지 못한 이상 이곳에 머무를 이유는 없다. 하지만 만에 하나를 위해 감각을 최대한 개방하여 주위를 살핀 그녀가 주변에 아무도 없음을 확신하고는 긴 한숨을 내쉬었다.

긴장이 풀리자 지금 그녀가 무슨 자세로 있는지가 확실감이 되었다.

얼굴이 빨갛게 달아올라 다급히 몸을 일으킨 그녀가 바닥에 누워 있는 사내를 향해 고개를 꾸벅 숙이고는 낮게 말했다.

"죄, 죄송해요."

혹시나 모른다는 걱정 때문에 목소리가 너무 작게 나와서 사내가 제대로 들었는지 의심되었지만, 사내는 그녀의 말을 똑똑히 들었는지 눈을 떴다.

'응?'

사내와 눈이 마주친 그녀는 가슴이 순간 두근거리는 것을 느끼고는 당황하여 볼을 감쌌다.

사내는 아주 천천히 입을 열었다.

긴장한 마음으로 사내의 말을 기다리던 서문다연의 귀에 들려온 목소리는 매우 심통에 가득 차 있었다.

"좀 비켜봐요, 아줌마."

"아, 아줌마?"

서문다연의 눈이 휘둥그레졌다.

아줌마! 아줌마라니!

자신은 아직 약관도 되지 않는 처녀란 말이다! 처녀에게 아줌마라니!

이건 치욕이었다.

"아줌마라뇨!"

"알았으니까, 좀 비켜요. 무거워 죽겠네."

그제야 서문다연은 지금 자신이 어떤 상황인지 알 수 있었다. 아래에 깔린 사내의 입을 틀어막고 가슴에 머리를 묻다 보니 거의 반쯤은 안긴 상태로 위에 올라타 있는 것이다.

순간적으로 달아올라 귀까지 빨개진 서문다연이 뒤로 화들짝 물러났다.

"끄응."

사내가 상체를 일으키더니 뻐근한 듯 허리를 두드렸다.

"잘 자다가 이게 웬 봉변이야."

사내의 얼굴에 짜증이 어렸다.

물론 서문다연은 사내의 기분을 충분히 이해할 수 있었다. 그녀라고 해도 잘 자고 있는데 갑자기 누군가 나타나더니 입을 틀어막고 목을 조른다면 기분이 좋지 않을 것이다.

정확하게는 기분이 좋지 않은 정도를 넘어 상대에 대한 무한한 적의를 느낄 것 같았다.

"죄송합니다."

아줌마라 불린 것은 기분이 나빴지만, 잘못을 먼저 했으니 사과를 하는 것이 옳았다. 명가에서 나고 자란 그녀는 예의를 철저히 지켜야 한다고 배워왔다.

"이게 뭔 일이래요?"

"……당연히 설명을 드려야 옳겠지만, 지금 상황이 설명을 하기에는 좋지 않은 것 같습니다."

말을 하면서 서문다연은 사내의 모습을 살펴보았다.

입은 옷이야 평범한 무명옷이라 특별할 것이 없었다. 그녀의 시선을 잡아끈 것은 사내의 얼굴이었다.

'이걸 대체 어떻게 받아들여야 하는 거지?'

잘생겼다.

분명 잘생겼다.

송옥이니 반안이니 하는 전설적인 미남을 끌고 올 정도는 당연히 안 되지만, 길을 가다가 마주치면 한 번쯤은 고개를 돌려 뒤돌아 볼 법하게 잘생긴 얼굴이었다.

하지만 그 잘생긴 얼굴에 흘러내린 침 자국과 말라붙은 눈꼽이 가득하다면?

보통 미남과 더러움은 잘 조화가 되지 않는 말이지 않은가.

서문다연이 눈앞의 사내를 어떻게 해석해야 하는가 고민할 때 사내가 기지개를 켰다.

"하암."

늘어지게 기지개를 켠 사내가 서문다연을 빤히 바라보더니 물었다.

"안 가요?"

"네? 가다뇨?"

"볼일 다 끝났으면 가봐야 하는 것 아니에요?"

그야 그렇지.

그건 그런데……

"공자는요?"

"저요?"

사내가 피식 웃었다.

"저야 자다 깼으니 마저 자야죠."

서문다연의 얼굴이 살짝 굳었다.

'위험해.'

지금은 모르고 지나갔다고는 하나 계속해서 종적을 발견하지 못한다면 그녀를 쫓던 이들이 돌아올 확률이 높았다.

이번에야 용케 속여 넘겼지만, 그들이 돌아올 때는 좀 더 세심하게 주변을 살필 것이다. 그렇다면 이곳에 있는다 해도 들킬 확률이 높았다.

그러다가 만약 발견이라도 된다면?

죽는다.

그녀를 쫓던 이들은 피도 눈물도 없는 자들이었다. 아무 관련 없는 사람이라고 살려둘 이들이 아니었다.

그럼 눈앞의 사내는 아무런 죄 없이 자고 있다가 봉변을 당하게 되는 것이다. 서문다연이 그들을 이곳에 끌고 왔기 때문에 말이다.

'안 돼.'

서문다연은 그 꼴을 두고 볼 수 없었다.

"여기에 있으면 위험해요."

"엥?"

사내가 영문을 모르겠다는 듯 고개를 갸웃했다.

"왜요?"

서문다연은 한숨을 쉴 수밖에 없었다.

방금 그런 것을 보고 들었음에도 상황 파악이 안 된단 말인가?

"저를 쫓는 이들이 있어요."

"저를 쫓는 건 아니잖아요."

"그들은 눈에 띄는 사람들을 살려두지 않을 거예요."

"눈에 안 띄면 되죠."

"그게 쉽지가 않아요. 그들의 무위를 생각하면……."

"아까는 안 걸렸잖아요."

서문다연의 이마에 핏대가 솟아나기 시작했다.

딱히 틀린 말을 하고 있는 것은 아닌데, 뭔가 자꾸 신경이 거슬린다. 어투 때문인지, 내용 때문인지… 대화를 하고 있으려니 속에서 뭔가 자꾸 울컥하는 기분이다.

하지만 지금은 그런 기분을 느끼고 있을 때가 아니었다. 한시가 급했다.

"그건 요행일 뿐이에요. 이곳에 계속 있으면 공자는 내일 아침 떠오르는 해를 볼 수 없게 될 거예요."

"살면서 떠오르는 해를 본 적은 없는 것 같은데."

"……."

지금 사내가 하는 말이 너스레가 아니라 진실이라는 것을 모르는 서문다연은 입술을 꽉 깨물 수밖에 없었다. 그녀가 피해를 끼친 것은 사실이지만, 이 남자의 비꼼이 도를 넘고 있다고 생각한 것이다.

하지만 그녀는 재차 화를 억누르고 부탁했다.

"저를 따라와 주세요. 저 때문에 생긴 일이니, 제가 책임을 지도록 할게요. 무사히 빠져나갈 수 있도록 돕겠어요."

"그냥 여기 있으면 안 되나요?"

"네. 안 돼요."

사내는 오만상을 찌푸렸다. 뭔가 더 항변을 하려는 듯 보이던 사내가 서문다연의 단호한 표정을 보고는 깊이 한숨을 내쉬었다.

"일진이 왜 이런지 모르겠네."

"상황이 우습기는 하지만… 정식으로 인사를 드리겠어요. 서문세가의 서문다연이라고 합니다."

가볍게 포권을 취한 서문다연이 가만히 사내를 바라보았다. 사내는 왜 그렇게 보냐는 듯이 멀뚱멀뚱 그녀를 마주

보다가 이내 의미를 깨달았는지 낮은 한숨과 함께 대답했다.

"위연호예요."

위연호라고 자신을 밝힌 사내는 불만이 매우 많아 보였다.

투덜거리며 봇짐에 담요를 쑤셔 넣은 위연호가 나무에서 내려와 서문다연의 뒤를 따랐다.

"왜 그런 데서 주무시고 계셨던 거예요?"

"바닥에서 자기 싫어서요."

그런 뜻으로 물은 게 아닌데…….

아까부터 뭔가 대답은 잘하고 있는데, 묘하게 동문서답을 하는 기분이 난다.

"이 야밤에 왜 이런 산중에 계시죠?"

"그쪽은요?"

너도 이 야밤에 이런 깊은 산중에 있는 것은 피차일반인데 뭘 그리 꼬치꼬치 캐묻느냐는 뜻을 최소한의 단어로 간결하게 되받아치는 위연호였다.

"저는 일이 있어서."

"저는 길을 가다가."

"……해가 지는 것도 모르고 산을 오르셨다는 말인가요?"

"그게 아니구요."

"그럼요?"

"잤어요."

"……."

위연호는 진실만을 말하고 있지만, 안타깝게도 서문다연은 그의 진실을 이해할 수가 없었다.

위연호의 대답을 '내가 뭔가 사정이 있어서 일일이 상황을 밝힐 수가 없으니 그냥 대충 입이나 다물고 갈 길이나 갑시다' 쯤으로 해석한 서문다연이 입을 꾹 닫고 앞장섰다.

그리고 보면 지금은 그런 사소한 것에 대해 대화를 나누고 있을 상황이 아니었다.

'긴장감이 부족해.'

아직 위험에서 완전히 빠져나온 것은 아니었다. 지금 그녀를 쫓고 있는 이들이 누군가를 감안한다면 마지막의 마지막까지 안심할 수 없었다.

서문다연은 슬쩍 고개를 돌려 자신을 따라오고 있는 위연호를 바라보았다.

터덜터덜 걷는 자세에서 귀찮음이 묻어난다.

"공자."

"네?"

"조금만 조용히 걸어주실 수 없을까요?"

"우리가 지금 하는 말이 더 시끄러울 텐데요?"

"그렇기야 하지요."

말문이 막힌 서문다연이 다시 고개를 돌렸다. 이 사람과는 대화를 최대한 하지 않는 것이 이로울 것 같았다.

"그런데……."

"네?"

하지만 위연호는 그리 쉽게 그녀를 놓아주지 않았다.

"아까 쫓아오던 애들은 누구예요?"

"모르시는 게 나을 거예요."

"흐응?"

위연호가 혀를 차기 시작했다.

"솔직히 말해봐요. 뭐 훔쳤어요?"

"네에?"

황당한 얼굴의 서문다연이 위연호에게로 고개를 획 돌렸다.

"훔치다니요?"

"이 밤중에 다른 사람에게 쫓기는 사람이면 보통……에, 그러니까……."

"도둑이라구요?"

"캬, 그거 말로 할 수 없던 것인데 이리 미리 말을 해주시니 제 속이 좀 편해지네요."

서문다연은 눈을 살짝 감고 마음속으로 참을 인을 그렸다. 참을 인 세 번이면 살인을 면할 수 있는지는 모르겠지만, 지금 눈앞의 사내를 두고 가는 일은 면할 수 있을 것 같았다.

"저는 숭천정무맹 소속으로, 임무를 맡고 있던 중이에요."

"오?"

위연호가 머리를 긁었다.

이거, 정무맹이랑 자꾸 얽히는 것 같은데?

물론 정무맹이 나쁜 곳은 아니니 얽힌다고 해서 안 될 이유는 없지만, 그런 사고 많은 곳은 딱 질색이었다. 될 수 있으면 얽히지 않는 게 서로가 편할 것이다.

"믿어드리고 싶기는 한데……."

서문다연은 깊은 한숨을 내쉬었다.

"지금은 저를 증명할 길이 없네요. 하지만 공자께서 이러시다 저를 쫓는 이들을 만나게 되신다면, 제 말이 맞다는 것을 말이 아닌 몸으로 알게 되실 거예요."

"흠, 그건 좀 무섭네요."

위연호가 몸을 부르르 떨었다.

서문다연은 위연호의 너스레를 보며 살짝 입술을 깨물었다. 지금 상황이 얼마나 심각한지 알지 못하는 것이다. 물론 일일이 설명을 해주지 않은 서문다연의 탓이기도 하지만, 서문다연이 이만큼이나 심각한 기색을 내뿜고 있는데도 일말의 반응도 없는 위연호가 야속하기도 했다.

'그런 생각은 하면 안 돼.'

사실 위연호는 괜히 그녀의 일에 휘말린 피해자다.

도리를 알고 정도를 안다면 위연호에게 미안해야지, 위연호를 탓해서는 안 되었다.

"그런데 쫓고 있는 사람들이 누구라고 했죠?"

"목소리를 낮춰주세요."

"그건 어렵지 않은데, 제 생각에는 우리를 쫓는 이들이 누군지 알아야 할 것 같아서요."

서문다연은 아미를 찡그렸다.

위연호가 괜한 것을 물어왔기 때문이 아니라, 그들이 누구인지 말을 해주어야 하는가 고민이 되었기 때문이다.

아무리 위연호가 무공을 모르는 보통 사람이라고는 하나 지금 그녀를 쫓는 이들의 이름 정도는 들어보았을 것이고, 그렇다면 순간적으로 겁을 먹어버릴 수 있었다.

겁을 먹으면 한결 행동이 조심스러워지기는 할 테지만, 긴장을 하게 될 테고 실수를 할 확률이 높아진다.

"말 안 해줘요?"

"……."

"진짜?"

서문다연은 고민을 집어치웠다.

그냥 말을 하고 겁먹어 입을 다문 위연호를 끌고 가는 것이 백배는 더 나을 것 같다는 판단이 선 것이다.

'멀쩡하게 생겨서는!'

사내가 어찌 이리도 무게감이 없단 말인가.

제갈가의 그 사람과 비교한다면 사내라고도 할 수 없는 사람이었다.

"우리를 쫓고 있는 사람들은……."

"사람들은?"

"마교에서 온 사람들이에요."

"……에?"

위연호가 고개를 갸웃했다.

"마교요? 마교는 멸문했잖아요?"

"네. 그 멸문한 마교의 잔당들이에요."

사실은 멸문했다고 하는 건 적당하지 않지만, 굳이 그 말을 위연호에게 할 필요는 없었다. 마교라는 이름을 들은 것만으로 위연호는 겁을 집어먹게 될 테니까.

"그럼 큰일 났네."

"아까부터 말했잖아요. 큰일이라고."

"아니, 그런 뜻이 아니구요."

"네?"

위연호가 깊은 한숨을 쉬더니 하늘을 올려다보았다.

"난 왜 이렇게 운이 없지?"

"……미안하게 됐어요."

마교와의 일에 휘말린 사람이 얼마나 공포에 질릴지는

충분히 짐작할 수 있는 일이다.

"아니, 그런 게 아니라니까요."

"그럼 무슨 말씀이세요?"

"전생에 무슨 죄를 지었기에 자다 깨서 마교랑 엮여야 하는 건지 모르겠네요. 어어, 그만 가요. 목 떨어져요."

"목이요?"

서문다연은 위연호가 도통 무슨 말을 하는지 이해하지 못했다. 하지만 그녀의 발은 본능적으로 멈춰 있었다.

"에효, 재수도 없지."

위연호가 주변을 슥, 둘러보더니 입을 열었다.

"이제 나오세요. 누군지 알았으니까."

서문다연이 영문을 몰라 위연호를 빤히 바라보았다.

'공포 때문인가?'

불경한 말이기는 하지만, 살짝 맛이 간 게 아닐까 의심이 되었다. 아무도 없는 곳을 보고 지금 무슨 소리를 하는 것인가.

하지만 곧 그녀는 위연호가 미친 것이 아니라는 걸 알게 되었다.

앞쪽 수풀 속에서 일련의 인원들이 걸어 나온 것이다.

"……어떻게 알았지?"

"어떻게 알았을까요?"

위연호는 대답해 줄 생각이 없다는 듯이 빙글빙글 웃기

만 했다.

걸어 나온 이들은 더는 말을 하지 않고 가만히 위연호를
노려보았다.

이들이 위연호와 서문다연의 종적을 발견한 것은 이미
한참 전이었다. 바로 서문다연을 제거하려 했으나 갑자기
나타난 위연호라는 존재 때문에 상황을 파악하던 중이었다.

만약 위연호가 서문다연을 돕기 위해 온 이라면 저 느긋
한 자세가 자신감의 표현일 수도 있다고 생각했기 때문이
다.

"정무맹에서 나왔나?"

"아뇨."

위연호는 손을 내저었다.

"그쪽이랑은 아무 관계없어요. 될 수 있으면 엮이고 싶
지 않다고나 할까?"

"관계가 없다라……. 그걸 믿으라는 말인가?"

"믿고 안 믿고는 자유지만, 저는 정말 저 위에서 자다가
이 사람이랑 마주친 것뿐이에요."

"믿어주지."

위연호와 대화를 하던 사내가 고개를 끄덕였다.

"믿어줄 테니 남은 대화는 염왕과 하도록."

슬금슬금 포위망을 구축하는 마인들을 보면서 위연호는
짜증이 난 듯 서문다연을 돌아보았다.

"저렇게 많다고는 안 했잖아요."

"……정말 죄송하게 됐어요."

서문다연은 입이 열 개라도 할 말이 없었다.

위연호는 아무 잘못이 없다. 그녀가 이쪽으로 마인들을 끌고 오지만 않았더라면 위연호는 아무 일 없이 잠을 자고, 가던 길을 갔을 것이다.

지금 이곳에서 위연호가 화를 당한다면 그 모든 책임은 서문다연에게 있는 것이다.

"잠시만요."

"……음?"

서문다연이 앞으로 나서서 입을 열자 마인들의 움직임이 멈췄다.

이미 쥐는 독 안에 갇혀 있으니 급할 것이 없었다.

"이 사람은 정말 아무런 관계가 없어요. 그러니 이 사람은 보내주세요."

"우리가 왜 그래야 하지?"

"관계없는 사람이니까요."

"이미 우리를 본 것만으로도 관계가 있다."

"이 사람은 아무것도 모르는 사람이에요. 당신들을 봤다 하더라도 누구인지 모를 거예요."

"……일일이 설명하는 것도 귀찮은 일이지."

더는 대화하지 않겠다는 의지를 느낀 서문다연이 다급하

게 소리쳤다.

"당신들이 원하는 정보를 다 주겠어요."

마인의 눈이 살짝 빛났다.

서문다연은 정무맹에서도 정보각에서 일하고 있는 사람이다. 직책상 정무맹의 기밀도 많이 알고 있을 것이다. 이런 부류의 이들은 어떠한 고문에도 입을 열지 않지만, 약속에는 철저했다.

고문으로 알아낼 수 없는 것들을 자신의 입으로 순순히 말해주겠다는데 마다할 이유가 없었다.

"어차피 이리된 이상 살아 빠져나갈 수 없다는 것은 알고 있어요. 이 사람을 보내주는 대가로 제가 알고 있는 것은 다 말해 드리죠. 정말 그냥 가다가 만난 사람이에요. 이 사람이 정무맹의 소속이었다면 저는 벌써 이곳을 벗어나서 멀리 달아나고 있었겠죠."

일리가 있다고 생각한 마인이 고개를 끄덕였다.

"거래를 받지."

잔챙이 하나 보낸다고 해서 달라질 것은 없었다. 그들이 이곳에 있었다는 것만 알려지지 않으면 된다. 서문다연이 죽음으로서 정무맹의 시선이 쏠리더라도 이곳에 마교가 있었다는 것만 숨길 수 있다면 아무래도 좋았다.

서문다연이 몸을 돌려 위연호를 보며 고개를 꾸벅 숙였다.

"폐를 끼치게 돼서 미안해요."

그와 동시에 서문다연이 낮게 속삭였다.

"이들의 마음이 변할 수도 있으니 어서 달아나요. 제가 최대한 시간을 끌 테니까요. 멀리 벗어나고 오늘 벌어진 일은 모두 잊어요. 어설프게 정무맹에 알리려고 했다가는 당신도 위험하니까."

"에?"

위연호가 고개를 갸웃했다.

"그런데 문제가 있잖아요."

"네?"

위연호가 마인들을 가리키며 말했다.

"나는 저 양반들이 마교 놈들이라는 걸 알고 있는데? 아까 소저가 말해줬잖아요."

마인들이 움찔하더니 재빠르게 움직여 포위망을 완성했다.

"그, 그 말을 왜 해요!"

서문다연이 기겁을 하여 소리쳤다.

"겨우 살려줄 수 있게 됐는데……."

"……아니, 나는 빤히 아는 걸 모른다고 하기에 뭔가 착각한 줄 알고."

"세상에."

하늘이 빙글빙글 도는 느낌이다.

뭔가 좀 모자라다고 생각은 했지만, 이렇게까지 멍청할
줄이야.

기껏 마련해 준 살길을 제 발로 뻥, 차버린 것이 아닌가.

"이제 난 몰라요."

서문다연은 자포자기했다.

정보원으로서 결코 해서는 안 될 짓까지 하면서 살려주
려고 했는데, 스스로 그 기회를 날려 버렸다. 그녀는 할 만
큼 했다.

"절 원망하지 마세요."

위연호는 그 말을 듣고도 태연했다.

"자는 사람 깨워놓고 그게 할 말이에요?"

지금 자다 깬 게 중요한가? 지금?

서문다연은 화딱지가 치밀어 올랐지만, 이내 마음을 놓
아버렸다. 화를 내면 뭐하겠는가, 이제 그나 위연호가 죽을
일만 남았는데.

"이왕 이리된 거 곱게 죽여주세요."

"고문이라도 할 줄 알았는가?"

마인들이 낮은 목소리로 말을 하더니 도를 뽑아 들었
다.

"질 낮은 놈들과 비교하지는 말아줬으면 좋겠군."

위연호가 고개를 끄덕였다.

"뭐, 확실히 아버지가 말하기로는 무인으로서의 자세는

되레 명문이라는 것들보다 마교 놈들이 더 잘되어 있다고 했으니까."

서문다연이 눈을 휘둥그렇게 떴다.

다른 사람이 들었으면 난리가 날 말이었다.

저런 말을 태연히 하는 위연호는 또 뭐고, 그런 말을 자식한테 한 아버지는 또 무엇인가.

"네 아비가 우리를 아는가?"

"음, 그거 참⋯⋯."

위연호가 머리를 벅벅 긁었다.

"마교를 모르는 사람이 있어요? 그럴 때는 '아버님께서 우리와 연관이 있으십니까?' 라고 물어야죠."

"네 아비가 우리와 관련이 있는가?"

"거참, 존댓말을 할 줄 모르는 분들이시네. 여하튼 뭐, 좋아요. 우리 아버지는 그쪽이랑, 음⋯⋯."

위연호가 씨익 웃었다.

"관계는 없죠. 관계는 전혀 없어요."

"시간 낭비를 했군."

마인이 도를 떨쳐 내고는 앞으로 달려들기 시작했다.

"에이, 사람 말을 끝까지 들어야지."

위연호가 달려드는 마인을 훌쩍 보고는 봇짐 안에서 길게 둘둘 말린, 몽둥이 같은 것을 꺼내 들었다.

"흐으음."

몽둥이를 감싸고 있는 천을 벗겨야 하나, 말아야 하나 고민을 하던 위연호가 어느새 그의 바로 앞까지 달려든 마인을 보고는 깜짝 놀라 소리쳤다.

"헐, 뭐 이리 빨라?"

"고통은 없을 것이다."

스읏.

마인이 휘두른 도가 공기를 가르며 위연호의 목에 도달했다.

그야말로 눈 깜짝할 새.

말이 끝나기가 무섭게 휘둘러진 도는 어찌나 빠른지 엿가락처럼 길게 늘어져 보였다.

채애앵!

하지만 그 도는 위연호의 목에 닿지 못했다.

"허?"

마인이 자신의 도를 막은 몽둥이를 보며 입을 슬며시 벌리자, 위연호는 다리를 들어 마인을 냅다 걷어차 버렸다.

"커억!"

바람 빠지는 소리와 함께 마인이 허공으로 붕 날아오르더니, 볼품없이 바닥에 처박혔다.

"대주!"

주변에 있던 마인들이 놀라 그에게 달려갔다.

위연호는 손에 들린 몽둥이를 두어 번 흔들어 보더니, 옆에서 입을 쩍 벌리고 있는 서문다연을 보며 웃었다.

"잠깐만 기다려요. 나도 이 양반들이랑은 할 말이 있거든요."

위연호가 몽둥이를 훌훌 털며 앞으로 나섰다.

"크으, 넌 누구……."

"아, 잠시만."

위연호가 손을 앞으로 쭉 뻗어 마인의 말을 틀어막았다.

"이야기하자면 길어질 것 같으니까 미리 다 말해두고 갈게요. 딱히 원한은 없으나 사람에게는 도리가 있는 거니까요. 여러분도 내가 누군지 알면 왜 우리가 싸워야 하는지 이해할 거예요."

"……."

저게 뭔 소린가?

"이게 참 뭐랄까, 조기교육의 폐해랄까, 아니면 세뇌교육의 폐해랄까? 저는 딱히 원한도 없는데, 워낙 들은 것이 많아서 그냥 넘어갈 수가 없네요. 곱게는 안 보내 드려요. 왜냐면 저는 광동위가의 둘째 아들이거든요. 위연호라고 하죠."

"광동위가! 위정한!"

쓰러져 있던 마인이 벌떡 일어나 도를 고쳐 들었다.

"씹어 먹어도 시원치 않을 정협검 놈의 아들이었구나."

"그러니 이게 빠르다니까."

위연호기 피식 웃었다.

이리저리 사정을 설명하는 것보다 아버지 이름이 나오는 쪽이 차라리 빨랐다. 그의 아버지와 마교는 불구대천의 원수라는 말도 모자라는 사이였으니까.

"에, 음, 그리고……."

위연호가 몽둥이에 둘둘 말린 천을 풀었다.

"딱히 효자를 자청하며 살지는 않지만, 아버지가 신신당부한 것이 있으니 웬만하면 따라주는 게 기본이겠죠. 그러니까, 에……."

천을 풀자 그 안에서 새하얀 검집이 모습을 드러냈다.

스르르릉.

위연호가 검을 뽑아 들었다.

강호에 출도한 이후로 위연호가 처음으로 검을 뽑은 것이다.

"각오하는 게 좋을 거예요. 내 검은 아버지보다 더 날카로울 테니까."

위연호의 검이 달빛을 받아 빛났다.

"호오?"

노인은 나무에서 아래를 내려다보며 웃었다.

"위연호라고?"

"정협검의 자식이라는 것 같습니다."

"어디 보자…… 정협검, 그 친구의 자식이면 위산호가 아닌가? 척마검 위산호."

"정협검은 아들이 둘입니다."

"그렇군. 그럼 저 아이가 둘째라는 거구만. 그런데 왜 강호에는 전혀 소문이 안 났을까? 저만한 아이라면 주머니 속의 송곳처럼 튀어나올 수밖에 없었을 텐데."

"정협검의 둘째는 예전에 실종되었던 것으로 알고 있습니다. 색마와 얽혀 있다고 하더군요."

"저런."

노인이 혀를 찼다.

"그사이 기연이 있는 모양이구나. 저 나이에 저런 무위를 갖추는 것은 결코 쉽지 않은 일이었을 텐데."

노인이 안타깝다는 듯이 위연호를 바라보았다.

"저 어린 나이에 저만큼의 실력을 쌓으려면 얼마나 깊은 지옥을 건넜을까? 우리 아이들도 배워야 할 텐데 말이야."

"소주들과 감히 비교할 수 있겠습니까?"

"글쎄, 모르겠구나. 지금 보이는 대로라면 우리 아이들이 쉽게 이길 수 있겠지만……."

노인의 눈이 깊게 가라앉았다.

'저게 전부가 아니겠지.'

저 정도가 전부라면 적월의 은신을 알아내지도 못했을

것이다.

"제거합니까?"

"으음……."

노인이 침음을 삼켰다.

상황이 꼬이기는 했지만, 저만한 인재를 잃는 것은 영 마음에 들지 않았다. 재능 있는 어린아이를 보면 성장하는 것을 지켜보고 싶은 것이 노인들의 마음 아니겠는가.

"일단은 지켜보자꾸나."

"혹시라도 이곳에 마교가 있었다는 사실이 알려진다면 좋을 것이 없습니다."

"아이야."

그 순간, 노인의 등 뒤를 지키던 자가 바닥에 넙죽 업드렸다.

"하명하십시오."

"너는 마교를 알고 있느냐?"

"……."

"마교라는 곳이 그리 만만한 곳이었다면, 본디 배교라 불려야 할 곳에 굳이 마(魔)라는 글자를 붙일 필요가 없다. 두렵고 경원시되기 때문에 마교라고 불리는 것이다."

"명심하겠습니다."

"아무리 잔당이라고는 하나 마교의 이름을 이은 자들이다. 경시해서는 안 될 것이다."

"예!"

노인은 흥미롭다는 눈으로 위연호를 바라보았다.

"하나 저 아이도……."

그 순간, 노인의 두 눈이 크게 흔들리기 시작했다.

"저, 저건?"

35장

게으름뱅이, 활약하다

사실 위연호가 겁대가리를 상실한 놈이라 그렇지, 당시의 마교라는 존재는 호환, 마마보다 무서운 놈이었다고.

지금은 이해가 안 되겠지.

그런데 당시에는 마교가 그랬어.

나도 어릴 때는 왕거지가 자꾸 울면 마교 놈들이 잡아간다고 해서 쫄아서 거적때기 덮어쓰고 울고 그랬지.

지금도 마교라고 하면 살인에 미친 놈들 정도라 생각하고 경원시하기는 하지만, 당시의 마교는 정말 인간들이 아니라고 생각했다고.

이전 마교의 발호 때 얼마나 많은 사람이 죽어갔는지 알기나 하나?

아, 알겠지.

너, 사가라고 그랬지? 그래, 그럼 알겠지.

그런 전쟁의 여파가 채 가시지도 않은 상황에서 마교라는 이름이 나왔으면 보통은 겁을 먹어야 하는 게 정상이란 말이야.

그런데 음…….

뭐, 겁대가리 없는 거야 그놈 특성이니까 그렇다 치고…….

에, 음…….

여하튼 뭐, 그 인간은 그랬지.

뭐가 그랬냐고?

"마교라고 하셨습니까?"

"응, 마교."

광구신개는 코를 후비며 대답했다.

"잠시. 마교라면 그러니까……."

"그래, 그 마교."

"연대가 안 맞는데 말입니다."

아무래도 사가(史家)이다 보니 역사에 민감한 모양이었다.

"마교가 등장한 것은 조금 뒤가 아닙니까?"

"그렇지."

광구신개는 사가의 말을 순순히 인정했다.

"네가 알고 있기로는 말이야. 아니, 세상 사람들이 알기로는 마교의 재발호가 시작된 것은 그 이후로도 한참 뒤라고 할 수 있지."

"그럼 광휘무존이 그 이전부터 마교와 만났다는 말입니까?"

"내 말을 뻘로 들었나?"

광구신개는 설명하기 귀찮다는 듯이 얼굴을 찡그렸다.

"위연호, 그놈이 마교와 엮인 건 한참 전이지."

"아, 그럼 광휘무존은 미리부터 마교를 무찌르고 있던 거군요."

"⋯⋯무찔러?"

광구신개의 얼굴이 미묘하게 일그러졌다. 그 표정에서 수많은 감정이 뒤섞여 있다는 것을 파악한 사가는 긴장할 수밖에 없었다.

지금까지 이야기를 들은 걸로 그도 이제는 위연호라는 종자에 대해 대충은 파악한 것이다.

"그, 그럼?"

"에, 음, 그거참 미묘한 말이군. 그러니까 내가 몇 번이나! 몇 번이나 말을 했지만 말일세."

"예."

"위연호가 나서면 일이 이상해진단 말이야. 무척이나 이상해지지."

"……."

"이번만 해도 그렇다네. 위연호는 그냥 길을 가고 있었을 뿐인데, 거기로 마교가 끌려 들어온 것이지."

"그렇습니다."

"어찌 보면…… 그러니까, 음, 이렇게 말하는 건 좀 이상한 일이기는 한데, 사실은 사실이니까. 내가 그냥 말하는 건데, 그러니까……."

광구신개가 횡설수설하기 시작하자 사가는 이어질 뒷말을 대충이나마 예상할 수 있었다. 지금까지 그가 들어온 것을 생각하면 뒤에 나올 말은 빤했다.

"어쩌면 마교가 발호하게 된 게 그놈 때문인지도 모르는 거라……."

역시나.

"대충이나마 시작과 끝이 어떻게 되었는지는 예상이 가려고 하는데, 중간 과정을 전혀 모르겠습니다. 대체 무슨 일이 있던 겁니까?"

"들어봐, 그럼."

광구신개가 설명을 시작했다.

*   *   *

우우우웅.

간만에 주인의 손에 들린 검은 기쁘다는 듯이 소리를 토해냈다.

'검명?'

마교 산비대(散秘臺) 제삼대주 곽환(郭歡)은 그의 귀로 들리는 소리를 믿을 수가 없었다.

검명?

지금 저 청년이 들고 있는 검에서 나는 소리가 검명이 맞는가?

'그럴 리가 없다.'

검명이라는 것은 극한까지 단련한 이들이 검과 물아일체의 경지에 올랐을 때 발현되는 것이다.

좋게 말하자면 그런 것이고.

현실적으로 말하자면, 충만한 진기가 압축되고 또 압축되어 검으로 밀려 올라갔을 때, 쇠로 만들어진 검조차 버티지 못하고 뒤틀리며 비명을 지르는 것이 바로 검명이었다.

그런데 저런 꼬마가 그런 경지에 올랐다고?

'헛소리!'

마교 역사상 가장 빠른 성취를 이루었다는 검귀(劍鬼) 소아명(炤我明)도 검명을 울린 것은 그의 나이가 이립에 이르렀을 때다. 서른이 넘어서야 검명을 울렸다는 말이다.

하지만 지금 눈앞에 보이는 청년은 아무리 보아도 스물

을 넘기지는 않은 것 같았다.

'소아명보다 십 년은 빠르다는 건가?'

그건 불가능한 일이었다.

만약 그게 사실이라고 한다면, 지금 곽환은 역사상 다시는 없을 검의 천재를 보고 있는 것이다.

하지만 그게 다가 아니었다.

"아이 씨, 이건 또 왜 이래!"

위연호가 짜증이 난 듯이 검을 마구 위아래로 휘저었다.

"간만에 검 써서 그런가? 이걸 사부가 봤으면 또 돌주먹 날아왔겠네. 사람이 몸을 안 쓰면 썩는다더니. 쯧."

위연호가 짜증을 부리며 검을 휘휘 저었다.

"음, 이제 됐다."

아무래도 몇 달 만에 진검을 들었더니 예전처럼 진기가 부드럽게 이어지지 않는 느낌이었다.

"성장 안 하면 죽는다고 했는데, 이러다가 죽는 거 아냐?"

위연호는 몸을 부르르 떨었다.

그동안 나름 깨달음을 얻어왔다고 생각했는데, 막상 검을 잡아보니 동굴에 있을 때보다 퇴보한 느낌이었다.

사부가 말한 대로라면 성장하지 못할 시 내단에 잡아먹히게 것이라고 했는데, 이대로라면 결과가 정해져 있는 것이나 다름없었다.

"으으······."

위연호는 몸을 부르르 떨었다.

'망할 사부!'

그동안의 게으름을 반성한 위연호는 다시금 검을 들어 올렸다.

그래도 오 년이나 잡고 놓지 않은 물건이라 그런지, 손끝에 느껴지는 묵직함에 마음이 한결 가라앉는 것 같았다.

"네가 정협검의 자식이라고?"

무슨 뜻으로 묻는 건지 알 것도 같지만, 굳이 대답을 할 필요는 없었다.

이미 그의 신분을 밝힌 것만으로도 그들이 나눌 대화는 입이 아니라 검으로 하는 것으로 정해졌으니까.

위연호의 검이 천천히 떨리기 시작했다.

"······떠들어댔군."

위연호의 뜻을 알았는지 곽환도 도를 집어 들었다.

"준비해라."

상대가 어리다고 경시할 생각은 없다.

검명을 울리는 고수에게 나이가 무슨 의미가 있겠는가.

"잘못하면 여기서 다 죽는다. 생사대적을 상대한다는 생각으로 최선을 다해라."

"예!"

곽환의 눈이 가늘어졌다.

상대가 정말 그만한 고수라면 자신들 전체가 달려들어도 이기는 것은 요원하다. 그 정도 형세 판단을 하지 못할 정도로 곽환은 어리숙한 사람이 아니었다.

믿는 것은 단 하나.

'경험이 부족하다.'

그의 나이를 감안해 보았을 때, 아무리 경지가 높다고는 하나 실전 경험이 부족할 것이 분명했다.

몇몇이 희생하는 동안 달려든다면…….

위연호와 곽환이 서로 다른 생각을 하는 동안 가장 당혹스러운 사람은 누가 뭐라 해도 서문다연이었다.

"……이게 무슨 상황이래?"

나무 위에서 주워온 사람이 갑자기 검을 들더니 마교의 마인들을 위협하기 시작했다. 그리고 그 마교의 마인들은 잔뜩 긴장한 얼굴로 그 나무 위에서 주워온 놈을 경계하고 있었다.

'바본 줄 알았는데…….'

제 살길을 제 발로 걷어찰 때는 바보인 줄 알았는데, 이제 보니 고수였던 것이다.

서문다연은 이 상황에서 그녀가 해야 할 것이 무엇인지 누구보다 잘 알고 있었다.

위연호에게서 살짝 떨어진 서문다연이 그 자리에 쪼그려 앉았다.

'방해하지 말자.'

그녀도 눈치가 없는 여자는 아니었다. 오히려 눈치라면 누구에게도 뒤지지 않는 사람이었다.

위연호가 누구고, 왜 이곳에서 잠을 자고 있었는지 궁금한 것은 많지만, 지금은 그냥 입을 다물고 구석에서 방해나 안 하는 것이 그녀가 할 수 있는 최선이었다.

도와주지 못할망정 방해나 하지 말아야지.

그 순간, 위연호가 움직이기 시작했다.

"흡."

먼저 달려들 생각이던 곽환은 당황하여 신소리를 내고 말았다.

위연호의 검이 새하얀 빛을 뿜어내기 시작한 것이다.

어찌나 밝은지 눈이 다 부실 지경이었다.

어두운 밤을 환희 밝히는 백광을 뿜어내며 위연호의 검이 움직이기 시작했다.

"아……."

눈앞에 펼쳐지는 광경에 곽환은 순간적으로 넋을 놓아버렸다.

'저게 뭐지?'

검이 빛을 뿜는 것은 이해할 수 있다. 하지만 그 빛이 너무도 유려하게 움직인다.

부드럽고, 너무도 자연스럽고, 또한 너무나 빠르다.

스팟!

콰아아아아아앙!

곽환의 이성을 되찾게 해준 것은 검기가 스쳐 가는 소리에 이어진 거대한 폭음이었다.

"헐레?"

하지만 당황한 것은 되레 위연호였다.

"어? 이거 왜 이래?"

위연호가 휘둥그레진 눈으로 검을 바라보았다.

"이럴 리가 없는데?"

그냥 가볍게 한 번 휘둘러 본 것뿐이다. 이 정도의 검격으로 저런 폭발이 일어난다면, 그가 수련했던 동굴은 이미 형체도 남아 있지 않았을 것이다.

위연호는 손을 들어 자신의 명치 어림으로 가져갔다.

"……줄었네?"

배 속에 들어 있는 사부의 내단이 확연히 줄어 있었다. 깨달음을 얻을 때마다 조금씩 그의 몸으로 내력이 흡수되고 있는 것이다.

강해졌다는 건 좋은 일이지만…….

"그럼 사부 말이 맞다는 것 아냐?"

위연호가 다시금 몸을 부르르 떨었다.

깨달음을 얻으면 강해질 것이고, 깨달음을 얻지 못하면 내단에 내력을 빨려 목내이처럼 말라 죽을 것이라더니……

뒤에 것은 몰라도, 앞의 것은 증명이 되었다고 봐야 했다.

그렇다면 뒤의 말도 맞을 확률이 높다는 것 아닌가.

"이, 일단 좋게 생각하자."

이마에 흐른 식은땀을 닦아낸 위연호가 곽환을 바라보았다.

아무 생각 없이 검을 휘둘렀으면 못 볼 꼴을 볼 뻔했다. 저 검기에 사람이 맞았으면 무슨 일이 벌어졌겠는가.

위연호는 검에 흐르는 진기를 줄이며 다시 검을 들었다.

"아, 실수예요. 다시 갑니다."

"뭐?"

뭔가 해명을 요구하는 곽환이지만, 위연호는 아버지의 당부를 잊지 않고 있었다.

"마교 놈들을 만나면 닥치고 그냥 패라."

"물론입죠."

말 잘 듣는 착한 아들인 위연호는 아버지의 말을 충실히 따랐다. 그런다고 해서 말 잘 듣는 착한 아들로 인정을 해줄 것인가는 별개의 문제지만.

파아앗! 파아앗!

검기가 대기를 가르며 날아가는 소리가 너무도 선명하게 들린다.

빛을 뿜어내고 있는 검기는 누가 봐도 느릿느릿할 것 같지만, 실제로는 정말 말 그대로 빛처럼 빨랐다.

"커억!"

"크악!"

검기 하나에 짧은 비명 한 번.

위연호를 둘러싸고 있던 십여 명의 마인들 중 절반이 제압되는 데는 채 얼마 걸리지도 않았다.

"이게……."

곽환은 그 광경을 보며 몸을 떨었다.

'있을 수 없는 일이야.'

강하다는 것을 알고 있었다.

검명을 울릴 만한 고수가 약할 이유가 없다. 당연히 강할 것이다.

하지만 지금 그가 보는 위연호는 그저 강한 정도가 아니었다. 웬만한 정무맹의 장로급 고수라고 하더라도 자신들을 이리 쉽게 제압하지는 못할 것이다.

"끄으으."

게다가 쓰러져 있는 이들이 아직 신음을 내는 것을 보니, 그 와중에 죽이지 않도록 조절을 했다는 말이 아닌가.

곽환의 눈에 핏발이 섰다.

"일어서라."

"끄으."

"일어서."

쓰러져 있던 마인들이 꿈틀대며 몸을 일으켰다.

그 광경을 보며 위연호가 탄성을 내뱉었다.

"힘줄을 잘랐는데 일어난다고?"

"네 아비에게 마교의 이야기를 듣지 못한 모양이구나."

"아아, 됐어요."

위연호는 곽환의 말을 잘랐다.

"그럼 힘줄이 아니라 다리를 잘라 버리면 되는 거지. 빤한 자화자찬은 안 듣고 싶네요."

위연호가 다시 검을 움직이기 시작했다.

"다, 달려들어라!"

거리를 주면 당해낼 수 없다는 것은 이미 확인한 바였다.

곽환은 그 와중에 할 수 있는 최선의 명령을 내렸다. 하지만 아무리 최선을 다한다고 하더라도 애초에 실력이 차이가 나면 아무 소용이 없는 법.

위연호가 가장 앞에 달려오는 마인을 보며 검을 들어 올렸다. 그의 눈은 평소의 그답지 않게 낮게 가라앉아 있었다.

* * *

"죽여요?"

"죽여야지."

"에이, 그래도 그렇지 사람을 어떻게 죽여요?"

"그게 무가 출신이라는 녀석이 할 말이냐?"

"무가 출신이기는 한데."

위연호는 바로 앞에서 한심하다는 듯이 자신을 바라보는 백무한을 보며 울컥했다.

"무공이란 게 사람 죽이려고 배우는 건 아니잖아요."

"맞다."

"네?"

"맞다고."

"……."

위연호는 뚱한 표정으로 백무한을 바라보았다.

지금까지 그가 아는 나름 고수라고 불릴 만한 사람들은 무학은 도(道)를 얻기 위한 방편이라고 하거나 자연과 하나가 되기 위한 수단이라는 식으로 말을 했다. 강해 보이는 사람일수록 그런 말을 하는 경향이 더 강했다.

그런데 대놓고 사람을 죽이려고 무학을 배운다는 말을 하는 백무한을 보니 한 가지 생각이 슬금슬금 치밀지 않을 수 없었다.

"역시나 사이비……."

쿵!

"아야야야야아!"

머리를 강타한 돌주먹의 파괴력에 눈물을 찔끔 쏟은 위연호가 입을 나불댔다.

"왜 때려요, 왜! 사실 그렇잖아요. 소림사의 고승들도 무학을 배우는데, 그 양반들이 사람 죽이려고 무공을 익히는 게 아니잖아요."

"맞다니까!"

"……."

백무한이 버럭하자 찔끔한 위연호였다.

"맞아요?"

"쯧."

백무한가 한심하다는 듯이 설명을 시작했다.

"말 잘했다. 소림 땡중 놈들은 왜 무공을 배우느냐?"

"법(法)을 얻으려구요."

"법을 얻으면 어떻게 되는데?"

"해탈하죠."

"뒈지는 게 해탈이다."

"……."

위연호는 고개를 설레설레 젓고 말았다. 그도 어디 가서 한 불경 하는 사람인데 사부는 모든 면에서 그를 추월했다.

"소림사에서 그런 말 하면 맞아 죽어요."

"벌써 했는데?"

"그럼 사인이 혹시?"

"걔들이 내 앞에서 주먹이나 들어 올릴 수 있었을 것 같으냐? 그때 니가 장문 방장 눈썹이 꿈틀꿈틀하던 걸 봤어야 하는데. 으헤헤, 깨소금이었지."

위연호는 아무것도 없는 동굴 천장을 올려다보았다.

그래.

어쩌면 그는 귀신이 된 백무한을 만나서 다행인지도 몰랐다.

백무한과 동시대에 살던 사람들은 얼마나 많은 고초를 겪어야 했을까?

"사부."

"응?"

"기분 나쁘게 듣지 마세요."

"말해라."

"성격이 그러니까 삼백 년이 지나도록 아무도 찾아오지 않았다는 생각은 해보지 않으셨어요?"

"후회하라고?"

"후회까지는 아니지만, 그래도 생각을 해보시는 게……."

"뭔 상관이냐, 난 이미 죽었는데. 이제 와 바꿀 수 있는 것도 없지 않느냐."

"아……."

사람이 죽은 게 이리 안타까운 일일 줄이야.

"여하튼!"

백무한이 위연호의 말을 잘랐다.

"중이 탈각하고 싶으면 경서를 파면 될 일이고, 도사가 도를 얻고 싶으면 경전을 탐독하면 될 일이다. 다른 방법이 있는데 굳이 칼 잡고, 검 잡고 휘둘러 댄다는 게 웃긴 일이지. 그러면서 뭐? 검이나 도에 길이 있다고? 길이야 있지. 어찌하면 조금이라도 힘을 덜 들이면서 사람을 죽일 수 있는가 하는 길."

이제 이건 불경도 아니었다.

위연호는 웃고 말았다.

"내 말이 틀렸느냐?"

"거, 이론은 상당하신데……."

"하신데?"

"실전에서는 피 보는 성향이시네요."

"걱정 마라. 나는 피 본 적 없다. 피는 개들이 봤지."

"……그러시군요."

"어차피 소림의 무공이나 무당의 무공도 개들이 멍청하게 산 한중간에 절간이니 도관이니 차려 대다가 산적 놈들한테 탈탈 털려서 '아이고, 못살겠다' 하면서 만들어낸 것이다. 그리고 나서는 산적 놈들이 역으로 탈탈 털렸지."

"매우 참신한 시각이시네요."

"사실이라니까?"

"예, 예."

맞든 틀리든 입으로 내서는 안 될 말이라는 것은 확실했다.

위연호는 게으르고 귀찮음이 강했지만, 최소한 안하무인은 아니었다. 하지만 사부는 어떻게 이런 양반이 칼을 안 맞고 천수를 누리다가 죽었는지 궁금하게 만드는 안하무인이었다.

"그러니 무학이라는 것은 얼마나 효율적으로 적을 쓰러뜨릴 수 있느냐 하는 것이다. 그런 무학을 익히면서 인정이니 활검이니 하는 것들은 다들 제정신이 아닌 것이지."

위연호가 손을 번쩍 들었다.

"그럼 마도는요?"

"마도?"

"마도 놈들은 어떻게 하면 사람을 효율적으로 죽일 수 있을 것인지를 파는 애들이잖아요. 사부님의 말씀대로라면 진정한 무학은 마도의 것이라는 뜻 아닌가요?"

위연호는 의기양양해졌다.

그래도 저 양반이 명문정파 출신이라고 자부하는데, 이 질문에 제대로 대답을 할 수 있을 리가 없다.

"쯧쯧쯧, 멍청한 놈."

하지만 곧 이어진 백무한의 혀 차기와 경멸의 시선 연속타에 위연호는 시무룩해졌다.

"마도가 순수하다니. 그래서 걔들이 처녀 피 뽑아서 목욕하고 사람을 오체분시해서 죽이느냐?"

"헐……."

"강함을 극도로 추구하다 보니 돌아버린 것이지. 지름길이라고 생각하고 샛길로 갔다가 길을 잘못 들어서 빠르게 가는 대신에 가시덤불로 뛰어든 것이 마도다. 빠르기야 빠르겠지. 대신에 가면 갈수록 전신에 가시가 박히고 피가 흐르는 것이야. 결국 나중에는 걸음이 느려져 대로로 갔던 이들보다 느려지는 것이 마도다."

위연호는 고개를 끄덕였다.

"순수하다는 것은 그런 것이 아니다. 목적에 부합하는 것이지. 살을 빼겠다고 해서 살을 잘라내면 어떻게 되겠느냐? 살이야 빠지겠지. 하지만 그게 진정 살을 빼는 것이냐?"

"아니죠."

"그래, 그런 것이다."

백무한이 위연호를 보며 눈을 부라렸다.

"그러니 실전에 있어서는 결코 상대를 살려주겠다는 생각은 해서는 안 된다. 정도대로 했는데 죽지 않은 것이야 어쩔 수 없는 것이지만, 상대를 살리기 위해 손에서 한 푼의 힘을 뺐다가 내가 죽는 것이 강호다."

"……."

"그리고 네가 죽지 않더라도 네게 당해서 원한이 남은 놈들이 네 가족을 노리면 어떻게 할 테냐?"

"아버지한테 죽겠죠."

"……."

백무한도 순간 할 말을 잃었는지 당황하여 손을 내저었다.

"혀, 형은?"

"우리 형 대빵 세요."

"어머니는?"

"어머니는 좀 약하긴 한데, 우리 어머니를 노리려면 위가에 잠입해야 하는데, 아마 대문에서부터 털려 나갈걸요?"

"동생은!"

"장담하건대, 걔는 이 년 내에 저보다 세질 겁니다."

뭔가 가족 자랑으로 분위기가 흘러가기 시작하자 백무한이 말을 바꿨다.

"가족이야 그렇다 치고 어쨌든 등에 칼 꽂힌다. 그러니 너는 결코 상대를 살려주겠다고 생각하지 마라."

"음……."

백무한이 혀를 찼다.

위연호의 얼굴에서 마뜩찮은 기색을 발견한 것이다.

이 제자 놈의 오성은 지금까지 그가 본 누구보다 뛰어나지만, 독심을 가지지 못한 것이 단점이었다.

언젠가는 그 점이 이놈의 발목을 잡게 될 것이다.

"네가 원치 않는다면 어쩔 수 없겠지. 하지만 명심하거라."

백무한의 음성이 낮아졌다.

"네가 손속의 사정을 둬서 발생하는 모든 일은 결국에는 네 책임이 될 것이다. 후회는 아무리 빨라도 늦는 법. 험난한 강호에서 살아남기 위해서는 사갈 같은 독심(毒心)이 필요한 법이다. 무슨 말인지 알겠느냐?"

"뭔 말인지는 알겠는데요."

"응?"

"저는 어차피 집에서 잠이나 잘 건데, 그런 게 필요할까요?"

"에라이! 이놈아!"

그날 위연호는 날아드는 돌주먹에 난타당하며 독심의 중요성을 뼈아프게 새겨야 했다.

* * *

사부는 잔소리가 심했지만, 결코 틀린 말은 하지 않았다.

그리고 옳은 말이라면 따르는 것이 맞다.

위연호는 그 사실을 잘 알고 있었다.

가장 앞에 달려들던 마인이 도를 휘둘러 온다.

카카칵.

날아드는 도를 검의 빗면으로 비껴 쳐 궤도를 바꾸고는 검을 마저 휘둘렀다.

서걱!

양쪽 손목과 팔꿈치.

단숨에 네 곳의 힘줄을 모조리 끊어낸 위연호가 비명조차 지르지 않고 멀쩡한 발로 자신을 걷어차 오는 마인의 다리를 그대로 갈라 버렸다.

"끄윽."

그 와중에서는 어쩔 수 없는지 억눌린 신음이 튀어나왔다.

바닥으로 쓰러지는 마인을 검면으로 때려 달려드는 마인들에게로 날려 버린다.

하지만 마인들은 냉정한 눈으로 자신의 동료를 후려쳐 버리고는 그대로 위연호에게 달려들었다.

우웅.

순간적으로 검기들이 위연호의 전신 요혈을 노리며 날아들었다.

낮게 숨을 몰아쉰 위연호가 슬쩍 뒤를 돌아보았다.

등 뒤에 쪼그려 앉아 있는 서문다연이 보인다. 피하려면 피할 수 있겠지만, 그랬다가는 서문다연이 아니라 서문다연이라고 불리던 무언가를 만날 수도 있다.

"끙."

이래서 남 일에는 끼어드는 게 아닌데.

하기야 마교의 행사라는 것을 감안한다면 남 일이라고도 할 수 없었다.

위연호의 검이 휘황찬란한 빛을 뿜어낸다.

"거, 엄청 눈부시네. 진짜."

광검류는 다 좋은데, 이게 문제였다. 어딜 가도 '아이고, 제가 지금 무공을 쓰고 있습니다'라고 동네방네 떠들어대는 느낌이라서 지금까지는 최대한 진기를 싣지 않고 검을 써왔지만, 상대가 상대이니만큼 본신의 무학을 숨길 수는 없었다.

거기에…….

오랜만에 한 번 몸을 풀어보고 싶은 마음도 생겼겠다.

'해볼까?'

위연호의 검이 호선을 그리기 시작했다.

가볍게 한 바퀴 원을 그리자 검끝에 머물던 진기들이 따라오지 않고 허공에 머무르며 빛나는 빛의 원을 만들어낸다.

빙글빙글.

몇 번이나 검을 돌려 선명한 빛의 원을 만들어낸 위연호가 검 끝으로 빛의 원을 쭈욱 밀었다.

'저, 저게 무슨 괴사인가!'

세상에는 수많은 검의 괴물들이 있다.

검기를 솔잎이 휘날리는 것처럼 뿌려 대는 검수도 있고, 검강을 장풍처럼 뿌려 대는 괴물도 있다.

하지만 진기를 저렇게 허공에다 고정시켜 머물게 하는 무학이 세상에 있던가.

곽환의 몸이 떨려왔다.

하지만 아직은 놀랄 때가 아니었다.

위연호가 허공에 만들어진 검의 원을 검끝으로 쭉 밀어 내자 새하얀 빛의 원이 회전하여 앞으로 날아들더니, 주변의 모든 검기를 빨아들이기 시작했다.

곽환의 입이 점점 벌어진다.

하나 그게 끝이 아니었다.

"으, 으아아!"

"안 돼!"

검의 원은 검기뿐 아니라 주변의 마인들마저 끌어당겼다.

맹렬하게 회전하는 검기의 원 안으로 빨려든 이들이 어찌 될지는 보지 않아도 뻔했다.

"으아아아아!"

모두가 비명을 지르며 검의 원 안으로 빨려 들어가고 있는 상황에서 위연호가 허공에 검을 한 번 내리그었다.

스웃.

그리고 그와 동시에 마인들을 빨아들이던 검의 원이 터져 나가더니, 빨려오던 이들을 새하얀 빛으로 뒤덮어 버렸다.

콰아아아아아앙!

어둠이 내려앉은 산에 거대한 폭음이 터져 나오더니, 잠에 빠져 있던 새들이 일제히 하늘로 날아올랐다.

일견 장관이라고 할 수 있는 광경이지만, 곽환은 그 광경에 감탄할 수가 없었다.

그의 부하들은 지금 다들 한 줌의 핏덩어리가 되어 바닥에서 꿈틀대고 있었다. 그 와중에 아직 다들 숨이 붙어 있다는 것이 신기할 지경이었다.

위연호가 곽환을 바라보다가 고개를 돌려 서문다연에게 물었다.

"생포해?"

그건 마치 불꽃놀이 같았다.

그녀 역시 평생을 무가에서 살아온 사람이고, 검을 쓰는 이들을 한두 번 봐온 것도 아니었다.

당장 그녀가 소속되어 있는 정무맹만 하더라도 천하에서 가장 검을 잘 쓰는 이들이 모여 있는 곳이 아니던가.

하지만 지금 그녀가 본 광경은 뭔가 달랐다.

그저 강하고 약하고를 논하기 이전에 '다름'이 있었다.

두 사람이 앉아서 바둑을 두고 있는데, 누군가 판 위로 장기말을 올려 버린 것 같은 이질감이 존재했다.

문제는 그 이질감이 너무도 매혹적이라는 것이다.

덕분에 서문다연은 몽롱하게 눈이 풀릴 수밖에 없었다.

"아줌마!"

"……네? 네네?"

"생포하냐구요."

"아, 생포요?"

퍼뜩 정신을 차린 그녀가 이러지도 저러지도 못하고 있는 곽환을 보며 몸을 떨었다.

"마교 놈들이라면서요? 마교 놈들이 갑자기 나타났으면 뭔가 이유가 있을 거 아니에요. 그러니까 생포해서 이유를 알아내야죠. 이미 알아낼 거 다 알아낸 거예요?"

"아, 아니요."

그녀가 본 것도 있지만, 이왕이면 당사자의 입에서 직접 듣는 것이 몇 배는 나은 게 당연했다.

"그럼 어째요?"

"생포할 수 있으면 생포해 주시는 게 좋아요."

"흐음……."

위연호가 고개를 돌려 곽환을 바라보았다.

"피차 편하게 가시죠?"

"후후후."

곽환이 이죽거리며 웃더니 이를 드러냈다.

"마교를 너무 우습게 봤구나. 우리는 죽을지언정……."

그 순간, 위연호의 몸이 쭈욱 늘어난다 싶더니, 곽환의 바로 앞에 도달했다.

"웃차!"

위연호가 검의 손잡이로 곽환의 턱을 후려쳤다.

"끄윽."

영문도 모른 채 일격을 당한 곽환이 정신을 잃고 바닥으로 쓰러졌다.

"모르긴 뭘 몰라, 귀가 아프게 들었구만."

마교에 관해서는 위정한에게 조기교육을 톡톡히 당한 위연호였다. 위정한은 집으로 돌아온 이후로 부터는 술만 먹으면 위연호의 방에 쳐들어와 마교 놈들과 싸웠던 일을 일장연설하는 것을 즐겼다.

귀도 막아보고 이불도 뒤집어써 봤지만 달라지는 것은 없었다. 사태를 알아챈 한상아가 귀를 잡아 끌고 가기 전까지는 꼼짝없이 강제로 그 재미도 없는 일화들을 강제로 들어야 했던 것이다.

덕분에 만난 적도 마교 놈들에 대해 친근감까지 느끼는 위연호였다.

"어디 보자, 독단이……."

위연호가 옆에서 나뭇가지를 뜯어내더니, 곽환의 입안을

휘휘 젓기 시작했다.

"어이쿠, 여기 있다. 생니를 뽑아내다니, 마교 놈들은 참 독하단 말이야."

"⋯⋯."

생니를 뽑아 그 안에 자결용 독단을 넣고 다니는 놈들이 독한 것인가, 아니면 그 독한 놈들을 일격에 기절시키고 나뭇가지로 입안을 쑤시는 놈이 독한 것인가 혼란을 겪는 서문다연이었다.

'이, 이런 이들이 아닌데⋯⋯.'

마교가 어떤 곳인가.

멀쩡한 인간을 순식간에 살육 병기로 만들어 버리는 곳이다. 과거, 마교의 발호 때 수적으로 압도적인 우위에 있던 중원이 속절없이 털린 이유가 바로 마인들의 끝없는 강함 때문이 아니던가.

아무리 전투조가 아니라고는 하나 마교는 마교.

나름 후기지수들 중에서는 무학에 자신이 있는 서문다연이 저항할 생각도 못하고 도주를 선택해야 할 만큼 무식하게 강한 이들이었다.

그런데⋯⋯.

"아, 씨! 안 빠져."

지금 눈앞에 보이는 맹한 얼굴의 청년이 그 무시무시한 마인의 입안에 나뭇가지를 쳐박고는 독단을 휘적대고 있었다.

'꿈인가?'

과도하게 비현실적인 광경이다.

차라리 꿈이면 좋겠지만, 그렇다고 치기에는 너무 생생했다.

"오, 빠졌……."

그 순간, 그녀의 눈에 이 사이에서 빠져나온 독단이 곽환의 목구멍으로 훌렁 넘어가는 것이 보였다.

"꺄악! 안 돼에에에!"

놀란 그녀가 다급하게 곽환의 얼굴을 향해 달려들었다. 그 순간, 위연호가 곽환의 배를 쿡, 밟았다.

"킥!"

기절한 것이 분명한 곽환이 신음을 토하더니, 목구멍에서 독단이 솟아올랐다.

"에이, 지지."

위연호가 허공으로 날아든 독단을 나뭇가지로 툭, 쳐서 날려 버렸다.

"……."

바닥에 철푸덕, 엎어진 그녀가 얼이 빠진 얼굴로 위연호를 올려다보았다.

"뭐해요? 안 묶어요?"

"네."

재녀라고 불리고, 또 불릴 자격이 충분한 그녀지만, 아까부터 바보가 된 기분이었다.

"그런데 묶을 만한 게 없는데요?"

"왜 없어요?"

위연호가 바닥에 곤죽이 되어 있는 마인들을 가리켰다.

"옷 벗겨요."

"……"

서문다연은 어버버대며 말도 제대로 할 수 없었다.

과년한 처녀에게 남자의 옷을 벗기라고 하는 것도 문제인데, 지금 저 남자들은 영 몰골이 말이 아니지 않은가. 눈으로 보는 것도 무서울 지경인데 가까이 다가가서 옷까지 벗기라고?

"죄, 죄송한데, 대신 좀 해주시면 안 될까요?"

그녀가 할 수 있는 최선이었다.

그 순간, 위연호의 얼굴이 일그러졌다.

"아니, 대신 마인들과 싸워주기까지 했는데! 잡일까지 내가 하라고?"

"죄송해요."

할 말은 그것뿐이었다.

"쯧."

위연호가 선뜻 나설 생각을 보이지 않자 그녀는 체념하고 말았다.

"어차피 옷으로 묶는다고 해서 제압될 사람도 아닌 것

같은데, 그냥 데리고 가면 안 될까요?"

"뭐, 그럼 그러시든지."

위연호는 더 이상은 관심이 없는지 검을 검집에 넣고는 다시 천으로 둘둘 말기 시작했다.

'저건 재질이 뭐지?'

검도, 검집도 모두 새하얀 색이었다.

북해에서만 나는 만년한철로 만든 검은 하얀빛을 띤다는 말을 들은 적은 있지만, 그 비싼 만년한철로 검집을 만들 리는 없지 않은가.

게다가 그 대단한 검을 저리 거적때기로 둘둘 말아서 봇짐에 꽂고 다니지는 않을 것이다.

"그럼 조심해서 가요."

"네?"

"왜요?"

"아……."

순간, 서문다연은 위연호의 의도를 깨달았다.

'이 사람, 나랑 같이 갈 생각이 없구나.'

생각을 해보면 같이 가는 것이 더 이상했다. 그녀와 위연호는 그저 산속에서 우연히 만났을 뿐이고, 마교가 쫓아오는 상황이었기에 어쩔 수 없이 힘을 합쳤을 뿐이다.

그 내막을 보자면 마교고 뭐고 다 때려잡을 위연호를 괜히 돕는답시고 설쳤다가 도움만 받은 꼴이 되기는 했지만 말이다.

'그럼 내가……'

서문다연이 기절해 있는 곽환을 보고는 몸을 부르르 떨었다.

저 마인을 끌고 가라는 말인가?

아무리 지금은 기절을 했다지만, 마인이 깨어나는 순간 끌려가는 것은 그녀가 될 것이다.

"소, 소협."

"네?"

"정식으로 인사를 드리겠습니다. 저는 숭천정무맹의 비연각 제일대 소속, 서문가의 서문다연이라고 합니다."

"네. 위연호예요."

서문다연이 입술을 꼭 깨물고는 당당하게 말했다.

"현재 저는 숭천정무맹의 명령을 받아서 모종의 임무를 진행하고 있는 중이었습니다. 그 와중에 소협의 도움을 받게 되었으니, 제 개인적인 보답은 물론이고, 숭천정무맹에서도 보답이 있을 것입니다."

"네네."

위연호는 심드렁하게 대답했다. 위연호의 반응이 뚱한 것은 알지만 서문다연은 포기하지 않고 마지막 일격을 날렸다.

"그러니 조금만 더 도와주실 수 있으신지요? 이건 정말 심각한 문제입니다. 저 마인을 정무맹으로 압송해 가야 합니다. 도와만 주신다면 정무맹에서 큰 포상을 내림은 물론이고, 공자의 이름이 천하에 울려 퍼질 것입니다."

위연호가 고개를 끄덕끄덕하더니 대답했다.

"싫은데요."

"네?"

"싫어요."

"아니, 그러지 마시고……."

"아, 싫다고."

바늘도 들어가지 않았다.

*　　*　　*

"좋은 구경을 했군."

노인은 원래의 신색을 회복하고 있었다. 위연호를 보며 놀랐던 것이 거짓 같아 보일 정도였다.

"굉장한 무위입니다."

"그렇구만."

노인은 천천히 고개를 끄덕였다. 확실히 저 나이에 저만한 무위를 갖추었다는 것은 충격적인 일이었다. 그가 아는 이들 중에 저 나이에 저런 경지에 오른 이가 있는지 생각해 보면 더더욱 그랬다.

"거기에다……."

빛을 뿜는 검이라…….

"분명 들은 적이 있던 것 같은데?"

노인이 골똘히 생각에 빠졌다.

어디선가 풍문으로 들은 말이 아니다. 그 이전에, 그보다 훨씬 전에 어디선가 들은 듯한 말 같았다.

물론 빛을 뿜는 검이라는 것은 생각하자면 흔했다.

검기는 일정 이상의 빛을 자연히 내뿜기 마련이고, 검강만 되어도 찬란한 빛을 뿜기 마련이다.

하지만 노인 역시 강기를 쓸 수 있는 사람. 그가 쓰는 강기와 저 빛을 뿜는 검은 분명 뭔가가 달랐다.

단순히 검강의 변형이라고 하기에는 너무 밝은 빛이 찬란하게 뿜어져 나오지 않는가.

"광휘(光輝)로군."

노인은 고개를 젓고 말았다.

생각날 듯 생각이 나지 않는다. 하지만 중요한 일이었다면 분명 생각이 났을 터이니, 빛을 뿜는 검은 그리 중요한 일이 아니라고 할 수 있을 것이다.

"어찌합니까?"

"흐음?"

"제거해야 하지 않겠습니까?"

"제거라……."

노인은 가만히 위연호를 바라보았다.

"자라나는 새싹을 짓밟는 것 같아 영 기분이 좋지 못하기는 하지만, 일의 중대성이 그저 바라만 보고 있을 수는 없게 하는구나."

"그렇습니다."

노인은 고민에 빠졌다.

노인이 직접 나선다면 아무리 위연호가 측정하기 힘든 후기지수라고는 하나 충분히 감당할 수 있을 것이다. 노인은 그런 사람이었으니까.

하지만 저 정도의 재능을 가지고 있는 이를 이 어두운 산속에서 꺾어버린다는 것도 탐탁치않은 일이었다.

그 역시 검수.

함께 검의 길을 걷는 이들을 아끼는 마음이야 말해 무엇하겠는가.

노인은 결정을 내렸다.

"청월(靑月)."

"예."

"적월에게 내린 명은 취소한다. 저만한 이라면 적월의 능력을 탓할 것이 아니다. 적월을 원대 복귀 시키고, 너와 적월에게 같은 명령을 내리겠다."

"예. 하명하십시오."

"살아남은 이들을 모두 죽여라."

살아남은 이?

청월은 고민에 빠졌다. 노인이 말하는 살아남은 이가 누구를 의미하는 것인지를 정확하게 알 수 없는 일이었다.

"아직 교는 수면 위로 드러날 때가 아니다. 그저 눈으로 보고 들은 것이라면 의혹 수준에서 끝나게 될 터. 서문가의 아이는 아직 그만한 발언력을 갖추지 못했다. 살아남은 교인들을 모두 죽이고 입을 봉하라."

"말씀에 따르겠습니다."

노인은 가만히 위연호를 바라보았다.

"아이야, 내 한 번은 그냥 보내주도록 하마."

단순히 함께 검의 길을 가기 때문만은 아니었다. 저만한 인재가 있는 것을 알게 된다면 자신들이 최고라고 생각하는 어린놈들도 자극을 받지 않을 수가 없을 것이다.

그 오만한 것들이 위연호의 존재를 알게 되었을 때, 어떤 표정을 지을지를 생각하니 절로 유쾌해졌다.

"대계는 어찌합니까?"

"이 정도로 흔들릴 대계가 아니다. 모든 것은 차질 없이 진행될 것이다. 그러기 위해서 내가 온 것이니."

노인은 몸을 돌려 걸어가기 시작했다. 노인이 걸어가고 있는 곳에는 노새가 매어진 달구지가 자리하고 있었다.

"간만의 외유에 즐거운 것을 보았구나. 이래서 강호가 재미있는 것이지."

노인은 껄껄 웃으며 달구지에 올랐다.

'이상하게도 친근감이 느껴진단 말이야.'

마치 손자를 만난 것 같은 친근함이었다. 하지만 그는 후계가 없으니 있을 수 없는 일이다.

모호한 기쁨과 불안함을 동시에 느끼며 노인은 노새의 엉덩이를 두드렸다.

"흐음……."

위연호가 먼 곳을 바라보며 피식 웃자 서문다연이 물었다.

"뭘 보시는 거예요?"

"능구렁이."

"네?"

"그런 게 있어요."

말을 한다고 해도 서문다연은 이해하지 못할 것이다.

위연호는 봇짐을 집어 들었다.

"여, 연약한 여자를 이 산중에 혼자 두고 갈 생각은 아니시죠?"

"……연약?"

위연호가 뚱한 얼굴로 그녀를 바라보자 서문다연의 얼굴이 빨개졌다.

말이야 바른말이지, 호랑이도 때려잡을 무인인 그녀가

연약을 입에 올리기는 민망한 것이 사실이었다.

"연약이고 자시고, 그쪽 일을 왜 제가 하나요?"

"제 일을 해달라는 게 아니라 도와달라는 거죠. 도와만 주시면……."

"됐어요."

위연호는 손을 가볍게 젓고는 앞으로 걸어가기 시작했다.

"잠시만요! 소협!"

서문다연이 먼저 걸어가 버리는 위연호와 바닥에 쓰러져 있는 곽환을 번갈아 보더니, 이내 마음의 결정을 내린 듯 곽환의 한쪽 팔을 잡아 질질 끌며 위연호를 따라갔다.

"같이 가요!"

위연호를 따라 걷기 시작한 지 두 시진째.

서문다연은 이상한 위화감을 느낄 수밖에 없었다.

'대체 뭐지?'

처음에는 나름 그녀를 배려해 주는 거라고 생각했다. 말은 그렇게 했지만 이 산중에 여자와 마인만 두고 떠나기는 껄끄러웠겠지.

말로는 까칠하지만 알고 보면 속은 부드러운 남자일 수도 있다. 애초에 그냥 자기만 빠져나가도 될 것을 굳이 검을 뽑아가며 그녀를 도와주지 않았던가.

그래서 그리…… 천천히 가는 거라고 생각했다.

하지만 그를 따른 지 두 시진이 넘어가자 서문다연은 한 가지를 알 수 있었다.

"저, 저기, 소협?"

"네?"

"왜……."

서문다연은 참지하지 못하고 물을 수밖에 없었다.

"왜 누우시는 건가요?"

그것도 담요까지 깔고.

"……피곤해서 좀 쉬어 가려구요."

"여기서요?"

"네."

위연호는 태연한 얼굴이지만, 서문다연은 도통 그를 이해할 수가 없었다.

"여기서 쉰다구요?"

"아, 거참!"

위연호가 짜증을 부리기 시작했다.

"자려고 누운 사람한테 자꾸 말시키는 건 무슨 심보예요?"

물론 그건 예의에 어긋난 짓이기는 하다. 동의할 수 있었다.

하지만 그 드러누운 곳이 숲속 한중간이고, 드러누운 시간이 이제 해가 뜨려는 시점이라면 딴지를 걸 만한 여지는 충분하지 않나?

"조, 조금만 더 내려가면 민가가 있어요."

"어차피 저는 거기까지 못 가요."

"……네?"

"나의 조금과 당신의 조금은 하늘과 땅만큼의 차이가 있어요. 그러니까 그냥 냅두고 가세요."

"가라구요?"

서문다연은 뒤를 돌아보았다. 그녀가 소매를 잡고 끌고 온 곽환은 이미 뭐랄까…….

'살아는 있나?'

바닥을 두 시진이나 질질 끌려온 사람이 어떤 몰골일지는 굳이 말로 하지 않아도 상상할 수 있을 것이다. 이제 슬슬 이 마인이 깨어날 때가 되었다는 것을 생각하면 위연호의 옆을 벗어나는 것은 호랑이 아가리에 머리를 집어넣고 목젖을 당기는 것과 그리 다르지 않았다.

드르렁.

"헐."

머리 댄 지 얼마나 됐다고 벌써 코까지 곤단 말인가.

왼쪽에는 잠에 빠진 위연호, 오른쪽에는 기절한 마인.

'어, 어쩌라고?'

이러지도 저러지도 못하는 서문다연이 그 자리에서 방방 뛰기 시작했다.

하지만 위연호를 깨울 용기는 없었다. 지금까지의 반응만 보더라도 이 사람이 얼마나 괴팍한 사람인지는 충분히 알 수 있었다. 이런 인간들은 잘못 건드리면 마두보다 더 지독해지기 마련이다.

결국 그녀가 선택한 것은 기다리는 것이었다.

산 이슬이 내리고, 해가 뜨고, 그 이후로도 한참의 시간이 지날 때까지 서문다연은 잔뜩 긴장한 채 얌전히 기다릴 수밖에 없었다.

"크윽⋯⋯."

그리고 너무 오랜 시간이 지나 버렸는지, 기절했던 곽환이 몸을 떨기 시작했다.

"까아아악!"

기겁을 한 서문다연이 자고 있는 위연호에게 달려들어 그를 흔들었다.

"소협! 소혀어어어업!"

"아이 씨!"

위연호가 벌떡 몸을 일으키더니 눈을 부라렸다.

"아니! 사람이 잠 좀 자겠다는데!"

"저기요! 저기요오오!"

"응?"

위연호가 몸을 일으키는 곽환을 보더니, 쩝, 입맛을 다시고는 주변을 훑기 시작했다.

바닥에 떨어져 있는 적당한 돌을 발견한 위연호가 냅다 곽환에게 집어 던졌다.

"컥!"

관자놀이에 정확하게 명중한 돌에 곽환의 몸이 그대로 뒤로 넘어갔다.

털썩!

곽환이 바닥에 쓰러져 잠시 경련을 일으키더니, 그대로 쭉 늘어졌다.

"주, 죽은 거 아니에요?"

"마인들이 어떤 것들인데 돌 좀 맞았다고 죽을 리가. 이제 됐죠? 이제 귀찮게 하지 말고 가요. 좀!"

안 될 일이었다.

"소협, 이렇게 해요."

"응?"

"소협이 지금 필요한 걸 말하세요. 제가 최대한 다 들어드릴게요. 그러니까 저 마인을 압송하는 것만 좀 도와주세요. 낙양…… 아니! 낙양도 필요 없으니까 가장 가까운 정무맹 지부까지만!"

"일없어요."

"이렇게 부탁드릴게요."

"일없네요."

"왜, 왜 싫다는 거예요. 제가 최대한 들어드릴 수 있는 건 다 들어드린다니까요."

"됐어요. 귀찮아요."

"귀찮?"

위연호가 인상을 쓰더니, 서문다연을 빤히 바라보았다.

"이 아줌마가 진짜! 귀찮다는데 왜 자꾸 이러나! 나는 필요한 게 없는 사람이니까, 그만 가라구요! 잠 좀 자겠다는데 왜 자꾸 이러나."

"가까운 지부까지만요. 네?"

"아, 진짜!"

위연호가 결국은 성질을 냈다.

"내가 걸어가기도 귀찮아서 남의 달구지 얻어 탔다가 산 한가운데서 자는 사람인데, 가까운 지부까지 어떻게 가요!"

"아……."

그녀는 멍청한 사람이 아니었다. 순식간에 위연호가 왜 그곳에서 자고 있었는지, 왜 이리 느릿느릿하게 걸어왔는지, 그리고 왜 숲 한가운데서 드러누웠는지를 모두 파악해 낸 그녀가 입을 쩌억 벌렸다.

'사람인가?'

사람이야 맞겠지, 사람은.

그런데 이렇게 게으른 사람이 세상에 있어도 되는 건가?

그리고 그렇게 게으른 사람이 무슨 수로 그런 무공을 익혔단 말인가.

어쩌면 마교의 출현보다 이 인간의 출현이 더 큰일인지
도 모른다.

"그럼 지금 어디로 가시는데요?"

"……발길 닿는 대로요."

"목적지는 없어요?"

"네."

모든 계산을 끝낸 서문다연이 제시를 시작했다.

"소협."

"네?"

"가까운 지부까지만 가주시면 마차를 제공해 드릴 수가
있어요."

"……마차."

위연호가 마차라는 말에 귀를 쫑긋 세웠다.

사실 이곳에서 이런 꼴을 당하게 된 것도 달구지를 얻어
탄 것 때문이 아닌가.

마차만 있었다면 이런 꼴을 당할 필……

"생각해 보니 저는 마차가 있어도 말을 관리 못하는데
요."

내 밥도 못 챙겨 먹는데 말을 어떻게 먹이겠는가.

이미 말 두 마리 때문에 백무한을 만난 경험이 있는 위연
호는 말이라면 치가 떨리는 사람이었다.

"마부 제공!"

"마부?"

이건 좀 끌리는데?

"그리고 목적지까지 가시는 길에 식사와 잠자리까지 제공해 드릴 수 있어요."

"오!"

그건 확실히 끌리는 조건이었다.

그런데 이거, 어디선가 들었던 조건 같은데?

"혹시 문은지라고 알아요?"

"네?"

"아뇨. 아는 사람인가 해서."

그게 아니라면 왜 자신을 만나는 사람들은 다들 비슷한 조건을 내미는 걸까?

위연호가 겨우 그런 조건으로 넘어갈 사람으로 보이는 건가?

"……가까운 지부가 어딘데요?"

서문다연이 싱긋 웃으며 대답했다.

"안 멀어요."

*   *   *

"떠났다구요?"

"예."

"하하하……."

장일은 어색하게 웃으면서 슬쩍 옆을 곁눈질했다.

고오오오오.

"히익!"

잘못하면 여기서 맞아 죽을지도 모른다고 생각한 장일이 필사적으로 외쳤다.

"어디로! 어디로 갔습니까! 어디로!"

하대붕은 갑자기 들이닥쳐 위연호를 찾는 거지와 젊은 무인을 주시했다.

"위 공자님은 왜 찾으시는 겁니까?"

"아, 저희는 수상한 사람들이 아닙니다. 저는 개방의 소방주인 장일이라고 합니다."

"개방?"

거지들의 모임이 아닌가.

물론 태상 장주 위연호가 거지와 그리 다를 것 없는 삶을 사는 것은 맞지만, 그렇다고 왜 거지들이 위연호를 찾는단 말인가.

"그리고 이 친구는 위연호의 형입니다."

"위산호라고 합니다."

위산호가 이글거리는 눈으로 장일을 노려보다가 고개를 숙였다.

"형? 지금 위연호 공자님의 형이라고 하셨습니까?"

"예. 제가 그 녀석의 형 됩니다."

위산호는 하대붕의 반응에 또 위연호가 무슨 사고라도 쳤나 싶어서 조심스레 물었다.

"혹여 녀석이 폐를 끼친 것은 아닌지요."

"폐라니요! 자, 잠시만 기다리십시오. 제가 장주님을 모셔오겠습니다."

"예?"

위연호의 형이라는데 장주는 또 왜 찾는가.

"그건 그렇고……."

위산호가 다시 고개를 돌려 장일을 바라보았다.

"히익!"

장일이 찔끔하여 벽으로 붙었다.

"내가 그만큼이나 빨리 가자고 했는데, 뭐라고 했지? 그 게으름뱅이가 그리 빨리 움직일 리가 없어?"

"……이, 이보게, 산호. 계산 착오였네, 계산 착오! 살다 보면 그런 실수는 누구나 다 하지 않는가."

"후우."

위산호가 깊이 한숨을 내쉬고는 천천히 장일에게 다가갔다.

"내가 한 번의 실수로 얼마나 뼈아픈 시간을 겪었는지 모르는 모양이군."

"나, 나는 거지라 뼈마디가 약하네. 뼈아픈 시간을 겪었다가는 걷지도 못할 걸세. 그리고 지금부터 연호를 찾으려 면 내 도움이 필요하지 않겠나? 응?"

"으음……."

위산호가 오늘 거지를 잡을 것인가를 심각하게 고민할 때, 무언가가 그들을 향해 다가왔다.

"응?"

커다란 사두마차를 본 위산호가 장일에게 다가가는 것을 멈추고 가만히 마차를 응시했다.

'흐음…….'

사두마차가 이곳으로 오는 것은 이상하지 않은 일이었다. 아무래도 성수장은 호북에서 가장 유서 깊은 의원이니까. 돈줄깨나 있는 이들이 진료를 받기 위해 오는 것이 당연하 다면 당연한 일이었다.

문제는 그 마차를 몰고 있는 마부가 심상치 않은 무위를 소유한 자라는 것이었다.

'저런 마차에 타고 있는 이는 누구일까?'

부하를 보면 주인의 위상을 짐작할 수 있는바.

위산호는 조금 긴장한 눈으로 마차의 문을 주시했다. 누 가 내리는지를 확인해야 했다.

"호오, 하오문이잖아?"

"하오문?"

"저기 앉아 있는 양반이 하오문주의 오른팔이라고 불리

는 야객이다. 일선에서 물러났다고 들었는데, 언제 다시 강호에 나왔는지 모르겠군."

"야객."

과연 웬만큼은 이름 있는 무인이라고 생각했는데, 역시 나였던 모양이다.

"야객이 모는 마차에 탄 사람이라…… 하오문주라도 나온 것인가? 이건 꽤나 흥미가 돋는군."

그때, 마차의 문이 벌컥 열리더니 한 사람이 천천히 밖으로 걸어 나왔다.

위산호는 자신의 근육이 일순간 팽팽하게 당겨지는 것을 느꼈다. 아직 모습을 드러내지도 않은 사내의 기파에 그가 극도의 긴장을 하고 만 것이다.

'누구지?'

최소한 절정. 그 이상의 무인이었다.

긴장한 위산호의 앞에 한 사내가 그 모습을 드러냈다.

단정하게 차려입은 청삼.

허리춤에 매여 있는, 손때 묻은 검.

그리고 머리 위로 올려 상투를 튼 머리.

중후한 매력이 절로 느껴지는 중년인이 천천히 위산호를 돌아보고는 입을 열었다.

"산호야?"

"아버지?"

묘한 침묵이 둘 사이를 파고들었다.

"네, 네가 여긴 웬일이냐?"

"……."

위산호는 마차에서 내린 아버지를 보고는 황당한 듯 물었다.

"왜 그 마차에서 내리시는 겁니까?"

모르는 사이에 그의 아버지가 하오문에라도 들었다는 말인가?

하오문주의 오른팔이 끄는 마차에서 왜 위정한이 내린단 말인가.

"……일이 그렇게 됐다. 그건 그렇고, 너는 왜 여기 있느냐?"

"그러는 아버지는 왜 여기에 계십니까?"

"나는 연호를 찾으러 왔지."

"저도 연호를 찾으러 왔습니다."

둘은 서로를 마주 보다가 고개를 돌려 그들의 옆을 지키고 있는 이들을 바라보았다.

"저분이 왜?"

"저 거지는?"

자신의 옆에 있는 이들을 돌아본 그들이 다시 입을 열었다.

"하오문주 딸이다."

"개방의 소걸개입니다."

"……."

"……."

누가 아비와 자식이 아니랄까 봐 하는 짓도 같은 그들이었다.

"크흐흐흠."

크게 헛기침을 한 위정한이 물었다.

"그래서 연호는 어디 있느냐?"

"……얼마 전에 떠났답니다."

"떠, 떠나?"

"예. 방금 이야기를 했는데, 며칠 전에 길을 떠났답니다."

"어디로?"

"그건 잘……."

순간, 위정한이 귀신이라도 본 표정이 되어 뒤를 돌아보았다.

저벅.

저벅.

마차에서 야차의 얼굴을 한 한상아가 내리고 있었다.

"사, 상아, 그게 아니고……."

"내. 가……."

한상아가 악귀처럼 일그러진 얼굴로 나직하게 말했다.

"빨리 오자고 했을 텐데."

위정한이 바짝 얼어붙은 모양새로 슬금슬금 위산호의 뒤로 물러났다.

"산호야."

"예."

"살려다오."

위산호가 깊게 한숨을 내쉬었다. 꽤나 오랜만에 만나는 것인데, 그의 아버지는 조금도 달라진 것이 없었다.

"어머님을 뵙습니다."

산호가 깊숙이 고개를 숙이자 한상아의 얼어붙어 있던 얼굴이 확 풀렸다.

"연호를 찾아왔구나. 우리 아들, 얼마나 고생이 많았니."

"아닙니다."

"얼굴 상한 것 좀 봐. 이 잘난 얼굴이 이리 수척해지다니."

"상아, 나도 얼굴이 좀 상했는데……."

"그건 늙은 거겠죠."

"……."

위정한이 구석으로 찌그러지자 한상아가 위산호의 손을 잡았다.

"그래도 연호의 행적을 발견했으니 다행이구나. 그동안

얼마나 마음고생이 많았니."

"아닙니다, 어머니."

위산호는 괜스레 죄송한 마음이었다.

위연호가 없어졌을 때 가장 가슴이 아팠을 사람은 누가 뭐래도 한상아였다. 하지만 한상아는 지금까지 단 한 번도 그를 탓한 적이 없었다. 되레 이전과 전혀 변함없이 그를 대하려고 노력하는 것이 느껴질 정도였다.

형이라는 놈이 억지로 동생을 집에서 끌어내 데리고 가다가 잃어버렸음에도 단 한 번도 그걸 탓하지 않았다.

그리고 이제는 되레 위산호를 위로하고 있는 것이다.

"크흐흠, 나도 마음고생이……."

"일일이 화내기도 짜증나니까, 나중에 이야기해요."

"……그럽시다."

위산호는 모산아를 보고 고개를 꾸벅 숙였다.

"다시 뵙소."

"다시 뵙게 되어 반가워요, 위 소협."

위정한이 고개를 갸웃했다.

"본 적이 있던가?"

"제가 말씀을 안 드렸나 보네요. 위 대협보다 먼저 저를 찾아오셨어요."

"그래?"

위정한이 고개를 끄덕였다.

"산호야."

"예, 아버지."

"일단은 음……."

위정한이 머리를 긁었다.

"일단 여기까지 오기는 했는데, 연호가 이미 떠났다고 하니 어떻게 해야 할지 모르겠구나."

"저도 지금 당황 중입니다."

당황 중이라고 하기에는 드러난 표정이 너무 없지만, 본 인이 그렇다는데 할 말이 없는 위정한이었다.

"우선 객잔이라도 좀 잡자꾸나. 정보를 모을 시간이 필 요할 것 같다."

"바로 알아보겠습니다."

그때, 대문 안에서 한 소년이 튀어나왔다.

소년은 위정한 일행을 쭈욱 둘러보더니 고개를 푹 숙였 다.

"위연호 공자의 가족분들이라 들었습니다. 본 장은 위연 호 공장에게 큰 은혜를 입은바 있으니, 가족분들을 잠시라 도 모시게 해주실 수 있으면 영광이겠습니다."

"엥?"

위정한이 의아한 얼굴로 물었다.

"소협은 누구시오?"

"저는 성수장의 장주인 진소아라고 합니다."

"장주?"

위정한이 진소아를 다시 훑었다.

이 어린 소년이 장주라고 하는 건 이해할 수 있었다. 나이가 뭐 별건가.

하지만 위연호에게 은혜를 입었다는 말은 도통 이해할 수 없었다. 위연호는 남에게 피해를 입히지도 않는 사람이지만, 남에게 은혜를 베풀 사람은 더더욱 아니었다.

그런데 위연호에게 은혜를 입다니.

그 게으름뱅이에게 은혜를 입으려면 대체 뭔 짓을 해야 한단 말인가.

"사기꾼?"

"그 입 좀 다물어요, 이 양반아!"

한상아가 소리를 버럭 지르자 위정한이 찔끔하여 목을 거북이처럼 집어넣었다.

"위 공자님의 가족분들이 확실하군요."

아버지를 보면 자식을 안다더니, 게으른 건 몰라도 언행은 확실히 닮은 면이 있었다.

"안으로 드시지요. 우선 식사부터 준비하겠습니다."

"아, 그런 폐를 끼칠 수는……."

"위 공자의 가족은 저에게도 가족과 다름없습니다. 제가 형님처럼 모시는 분이니 부디 저를 더 창피하게 만들지 말아주시기 바랍니다."

위정한과 한상아가 시선을 교환하고는 고개를 끄덕였다.

"그러시다면."

"들어가시지요."

진소아의 안내로 일행들이 성수장 안으로 발을 들여놓았다.

늦은 시간에 도착해서인지 안으로 들어가자마자 해가 졌다. 성수장의 대문을 닫은 하대붕의 지시로 식당에 빠르게 상이 차려졌다.

"헐."

눈앞에 쌓인 산해진미들을 보면서 위정한이 입맛을 다셨다.

"내가 집에서도 이런 건 못 먹는데."

나름 광동에서는 힘 좀 쓰는 광동위가이지만, 무가답게 식단은 담백하기 짝이 없었다. 그런데 간만에 기름진 음식들을 보니 입맛이 절로 당기는 기분이었다.

"……우리 연호는 밥이나 잘 먹고 있을는지."

한상아가 달아오르던 위정한의 입맛을 단번에 날려 버렸다. 여기서 '우리라도 밥을 먹읍시다' 라고 하면 무슨 말을 들을지 너무 빤했다.

젓가락에 손도 못 댄 위정한은 고문을 당하는 심정으로 음식들을 바라보았다.

하지만 오늘 그에게는 위산호라는 든든한 후원군이 있었다.

"식사하고 기운을 차리셔야 연호를 뒤쫓을 수 있을 겁니다, 어머니."

"그래, 네 말이 맞구나. 먹어야지."

위정한은 그제야 젓가락을 들 수 있었다.

"그런데……."

한상아가 다시 입을 열자 위정한이 슬그머니 젓가락을 다시 내려놓았다.

"연호에 대한 소식은 알아보았느냐?"

위산호가 고개를 저었다.

"일단 본 방에 다시 연통을 넣어봤습니다만."

장일이 코를 매만지며 입을 열자 질 수 없다는 듯이 귀낭낭이 입을 열었다.

"하오문 무한 지부에 의뢰한 것을 알아냈습니다."

"오?"

시선이 귀낭낭에게 모였다.

"하지만 안타깝게도 어디로 가셨는지는……."

"헤헹!"

그것 보라는 듯이 장일이 코웃음을 쳤다.

"개방도 알아내지 못한 것을 하오문 따위가 알아낼 리가 있나!"

"뭐예욧?"

귀낭낭이 눈에서 귀화를 뿜자 장일이 찔끔했지만, 감히 이곳에서 경거망동을 할 수 있을 리 없었다.

"그러니까, 둘 다 모른다는 거로군요."

한상아의 말에 둘 모두 고개를 푹 숙였다.

"하지만 수색을 명해두었으니 곧 찾을 겁니다!"

"저희두요."

위정한이 쯧쯧, 혀를 찼다.

"그놈이 어떤 놈인데. 내가 하오문과 개방, 그리고 세상에 존재하는 모든 정보 단체에 의뢰를 하고 황금 백 냥을 현상금으로 걸었는데도 오 년 동안 아무도 찾지 못했던 놈이오. 워낙에 활동력이 없다 보니 방을 하나 잡아 들어가면 아무도 찾지 못한다니까."

"차라리 못 찾으라고 굿이라도 하지 그래요?"

입을 열었다가 본전도 못 찾은 위정한이 탁자에 머리를 박고 신음했다.

"휴우."

한상아가 한숨을 내쉬자 귀낭낭이 그녀를 위로했다.

"의뢰가 들어갔으니 금방 종적을 발견할 수 있을 겁니다. 그러니 조금만 기다리시지요. 지금 몸으로는 여행을 계속할 수도 없습니다."

"……하기야 몸이 많이 상하기는 했지."

끊임없는 강행군에 그녀의 몸도 많이 상해 있는 와중이었다.

그때, 벌컥 문을 열고 진소아가 안으로 들어오더니 정색을 했다.

"그럼 진즉에 말씀을 하셨어야죠. 여기가 어디라고 생각하시는 겁니까? 총과아아아안!"

"부르셨습니까?"

하대붕은 마치 대기라도 하고 있던 것처럼 나타났다.

"위 공자의 자당께서 몸이 좋지 않다고 하십니다."

"저런! 지금 당장 의녀를 준비시키겠습니다."

"으음, 아닙니다. 위 공자의 자당이십니다. 그런 분을 보통 의녀에게 진료시킬 수는 없는 노릇이지요."

"그럼?"

"우리가 아는 최고의 의녀를 모셔올 수밖에요."

"……아!"

둘은 서로의 말을 알아들은 기색이지만, 남은 이들은 도통 무슨 말인지 알지 못해서 고개를 갸웃할 수밖에 없었다.

'이게 뭔 소리지?'

하지만 의문을 풀 기회는 주어지지 않았다.

콰아앙!

갑자기 문밖에서 폭음이 들려왔다.

위산호와 위정환이 자리에서 일어났다.

"무슨?"

진소아와 하대붕이 놀라 밖으로 뛰어나갔다.

대문이 완전히 박살이 나 있고, 그 안으로 누가 봐도 흉악한 인상을 가진 이들이 들어오고 있었다.

"이, 이놈들, 무슨 일이냐!"

어느새 밖으로 뛰쳐나온 좌결이 그들의 앞을 막아섰다.

"흐흐흐, 배신자 놈이 여기에 있었구나."

"바, 방주님?"

좌결이 문 안으로 들어오는 이를 보고 기겁했다.

흑지주방의 방주인 곽도산이 안으로 걸어 들어오고 있었다.

'무공을 잃은 사람이 어떻게?'

의문은 곧 풀렸다.

자세히 보니 걸어 들어오는 발걸음이 후들거리고 있었다.

"흐흐흐, 그 망할 꼬마 놈이 떠나기만을 기다렸다. 감히 나를 이 꼴로 만들고도 너희가 무사할 줄 알았던 것이냐?"

"……어떻게?"

"흥! 내 의형제이신 흑오공방의 방주께서 아이들을 빌려주셨다. 네놈들의 목을 모두 갈라 버리고 호북을 평정할 것이다."

"빌렸다고? 그 끝이 어떻게 될지 몰라서 하는 말입니까?"

"끝이 어떻든 그게 무슨 상관이냐! 이 꼴로 계속 사는 것과 뭐가 다르다고! 네놈들만은 용서할 수 없다."

좌걸의 얼굴이 파랗게 질렸다.

아무리 삼류 흑도 놈들이라고 하나 일개 의방이 이들을 감당할 수 있을 리가 없었다.

그런데 그 순간, 등 뒤에서 장난기 어린 목소리가 들려왔다.

"산호야."

"예."

"밥값은 해야 하지 않겠느냐?"

"금방 정리하겠습니다."

"그리고 이왕이면 후환도 없애는 것이 낫지 않겠느냐?"

"예. 바로 다녀오겠습니다."

뭔가 집 앞의 마당을 쓸라고 하는 것 같은, 태평한 대화였다.

사태의 심각성을 알아차린 좌걸이 당황하여 소리쳤다.

"내가 막을 동안, 다들 도망치……."

그 순간.

위산호가 좌걸을 스쳐 지나가며 어깨를 가볍게 두드렸다.

"좋은 의기요."

그리고 좌걸은 볼 수 있었다.

위산호가 검을 뽑더니 눈앞에 보이는 이들을 말 그대로

추풍낙엽처럼 날려 버리기 시작했다.

'이거, 어디서 한 번 본 것 같은데.'

선명한 기시감을 느끼며 좌걸이 서서히 입을 벌렸다.

"끄아아악!"

"으아악! 살려줘!"

"아이고! 내 허리!"

사람을 종이 짝처럼 날려 버린 위산호가 손을 털며 안으로 다시 들어왔다.

유일하게 서 있는 전 흑지주방주 곽도산을 가만히 노려본 위산호가 입을 열었다.

"문 고쳐 놔라."

"……예."

"그리고 앞에서 기다려. 밥 먹고 흑오공방인지 뭔지 갈테니까."

"……예."

좌걸은 힘없이 바닥에 떨어진 문짝을 집어 드는 곽도산을 보며 눈을 감았다.

재수가 없으면 뒤로 넘어져도 코가 깨진다더니, 하필이면 오늘.

인생은 운이라는 사실을 새삼 깨닫는 좌걸이었다.

36장
목인석심(木人石心)

"흐으으음."

이왕야 공친왕(功親王) 주륜(朱倫)은 올라오는 보고서를 보며 침음을 내쉬었다.

"쉽지 않구나."

일전에 벌어진 한림대장원에서의 사건을 바탕으로 녹기의 일당들을 좀 더 몰아붙일 수 있을 거라고 생각했지만, 녹기의 세력은 여전히 탄탄했다.

한 번의 부침을 겪기는 했지만, 단단하게 뭉쳐서 자신들에게 대항하고 있었다.

냉정하게 보건대, 지금 황실의 세력은 녹기 쪽이 훨씬 더

우월하다고 해야 한다.

문유환이 직접 나서준다면 상황을 반전시킬 수 있을지도 모르지만, 급격한 상황의 반전이 되레 녹기 쪽을 자극시킬 수 있다는 문유환의 말을 듣고는 장기적인 세력 포섭으로 방향을 선회했다.

문제는 이것이 영 쉽지 않다는 점이었다.

"내시 놈……."

녹기의 능력은 인정할 수밖에 없었다. 그 능력을 나라를 위해 쓴다면 태평성대를 가지고 올 수도 있으련만, 제 사리사욕을 위해 황실을 농단하는 꼴을 보고 있자니 피가 거꾸로 솟는 기분이었다.

"으음……."

이대로 간다면 황실의 미래는 뻔하다.

어떻게든 특단의 대책을 내놓아야 하는데…….

문유환과 이왕야가 준비한 변수는 어디서 죽었는지, 아니면 어디 골방에 처박혀 잠만 자고 있는지 전혀 소식이 없었다.

"그래서 내가 안 된다고…… 끄응."

그렇게나 반대를 했음에도 굳이 그놈에게 어사금검을 쥐어 준 문유환이 원망스러울 정도였다.

"왕야."

그때, 밖에서 그를 찾는 목소리가 들려왔다.

"무슨 일이냐?"

"호북에서 전령이 왔습니다."

"호북?"

이왕야가 고개를 갸웃했다.

호북에서 그를 찾을 사람이 없는데 웬 전령이 온단 말인가.

"누가 보냈다고 하더냐?"

"태수가 보냈다고 합니다. 전서를 들고 왔습니다."

"전서라……."

이왕야는 침음을 삼키고는 말했다.

"가져오너라."

문이 열리고 하인이 전서를 들고 들어왔다.

하인이 조심스레 내민 전서를 받아 든 이왕야가 바로 전서를 뜯지 않고 가만히 그것을 내려다보았다.

호북 태수 연정립은 딱히 그와 인연이 있다고 할 수 있는 사람이 아니었다.

철저히 중립을 지키기는 하지만, 따져 보자면 녹기 쪽에 조금은 더 가까운 사람이었다.

한 성의 태수라는 자리가 결코 낮은 지위는 아니지만, 보통 태수라는 이들은 중앙에는 관여를 하지 않는 경향이 강했다.

그런데 그런 이가 왜 자신에게 전서를 보냈을까?

"으음……."

이왕야가 침음을 삼키다가 조심스레 봉투를 뜯고 편지를 열었다.

가만히 편지를 읽던 이왕야가 너털웃음을 지으며 편지를 내려놓았다.

"이 게으름뱅이 놈."

이왕야가 기분 좋게 웃음을 터뜨렸다.

"밖에 누구 없느냐?"

"예."

"술상을 봐 오너라."

"알겠습니다."

이왕야는 다시 한 번 편지를 읽고는 피식피식 웃고 말았다.

"사람들을 낚아 오랬더니, 협박을 하고 다니고 있군."

하지만 아무려면 어떤가, 이렇게 거물을 물어 왔는데.

황실에서 균형을 맞추기가 힘들다면 외부에서 지원을 받으면 그만이다.

호북 태수 연정립은 나름 영향력이 강한 사람이었다. 그런 이가 이왕야의 편을 들어준다면 다른 태수들은 물론이고, 중앙에서 눈치를 보고 있는 관리들도 다들 생각을 다시 해보게 될 것이다.

"이 얼척 없는 놈."

이왕야는 뒤로 등을 기대고는 웃어버렸다.

'조금은 더 믿어봐도 되겠지?'

창밖으로 보이는 달이 그렇다고 말하는 것 같았다.

*　　*　　*

서문다연은 뭔가 잘못되어 가고 있다고 느꼈다.

아니, 이미 심각하게 잘못되어 있었다.

'어디서부터 이렇게 되어버린 거지?'

위연호를 산에서 끌고 내려오는 것까지는 좋았다. 그녀가 뿌린 미끼를 위연호가 덥썩 물었을 때만 해도 그녀는 자신만만했다.

회유하기는 힘들었지만, 한 번 회유를 해낸 이상 이제는 위연호가 자신의 말을 따를 것이라 생각했다. 아무리 그가 강자더라도 그녀는 여자고 그는 남자이니까.

일행이 된 이상 그가 해야 할 일과 그녀가 해야 할 일은 정해진 것이나 다름없었다.

그렇게 생각했는데…….

끼이익, 끼이익.

"아, 살살 좀 몰아요. 돌부리 좀 피하구요."

"……네."

어디서부터 잘못된 걸까?

그리고 대체 어디서부터 이리되어 버린 걸까?

그녀는 눈가로 흐르려는 눈물을 억지로 참아내고 있었다.

"쯧쯧, 저게 뭔 일이래?"

"별 희한한 광경도 다 있군."

주변 사람들이 혀를 차는 것을 보니, 지금 당장 쥐구멍이라도 찾아 숨고 싶었다.

"살살!"

"……네."

상황은 아주 간단했다.

간단한 합의를 마친 그들은 산 아래로 내려왔다. 물론 그 와중에도 위연호가 심심하면 드러눕기는 했지만, 거기까지야 충분히 감내할 수 있는 일이었다.

하지만 진짜 문제는 마을에 내려오고부터 발생했다.

"……걸어간다고?"

민가로 내려오자마자 위연호가 정색을 했다.

분명 발이 달린 사람이건만 위연호는 자신의 발이 걷기 위해 존재한다는 사실을 부정했다.

어르고 달래보았지만, 확고하게 부정의 뜻을 밝힌 위연호가 찾아낸 것이…….

'왜 이런 수레냐고! 왜!'

말도 없고, 노새도 없고, 심지어 소도 찾아보기 힘들 만큼 인적 드문 마을에서 그나마 수레라도 찾아낸 것이 다행이었다.

수레에 곽환을 던져 올린 위연호에게 그럼 이 수레는 대체 누가 끄느냐고 묻는 것은 누가 봐도 당연한 수순이지만, 그건 결코 물어서는 안 되는 금단의 단어였던 것이다.

위연호는 무척이나 당연하다는 듯이 대답했다.

"너."

"⋯⋯."

그러고 나서는 이 꼴이었다.

끼이익, 끼이익.

제대로 칠이 되어 있지 않은 수레의 바퀴는 소리도 요란했다.

서문다연은 그 요란한 수레를 앞에서 끌고 있었다.

"젊은 처녀가 저게 뭐하는 짓이지?"

"그러게나 말이야."

서문다연은 가만히 하늘을 올려다보았다.

'차라리 산길로 가게나 해주지.'

사람과 마주친다는 것이 이리도 창피한 일일 줄이야.

말 대신 수레를 끌고 가는 서문다연의 마음은 이루 말할 수 없을 만큼 참담했다.

중간에 어디서 마시장이라도 발견할 수 있다면 좋겠지만, 안타깝게도 그녀의 수중에는 돈이 없었다. 아마도 도망치는 와중에 어딘가에서 떨어뜨린 듯했다.

그녀가 아무리 서문가의 식솔이고, 정무맹에서 일을 하고 있다고는 하나 호패도 없는 그녀의 말을 믿고 그 비싼 말이나 소를 내줄 곳은 어디에도 없었다.

위연호에게 간절할 눈길을 줘봤지만, 잡아먹을 듯한 시선만 받았을 뿐이었다.

"흐읍."

숨이 가빠온다.

무공을 익혔다고는 하지만 장정이 둘이나 탄 수레를 계속 끌고 가는 것은 쉬운 일이 아니었다.

"……조금 쉬어 가면 안 되나요?"

"그러다 내년에 도착하겠네."

"조금만."

"뭐, 편한 대로 해요. 나야 뭐, 상관없으니까. 그런데 그럼 끌고 가는 시간이 늘어날 텐데."

서문다연의 어깨가 축 처졌다.

'뭐, 이런 놈이 다 있지?'

상식이 조금이라도 박힌 놈이라면 과년한 처녀에게 자신을 실은 수레를 끌고 가라고 어떻게 할 수가 있단 말인가.

여자 취급은 바라지도 않았다. 그래도 사람 취급은 해줘야지!

'내가 어쩌다.'

위연호를 만났기 때문에 목숨을 부지한 것은 사실이지만,

목숨을 부지한 대가가 너무 컸다.

우울한 마음으로 수레를 끄는 서문다연과는 반대로 위연호는 아주 편안한 자세로 누워서 경치를 즐기는 중이었다.

"처엉사아아안."

노래가 절로 나온다.

"우우우."

그러자 옆에 누워 있던 곽환이 부어터진 눈을 천천히 뜨기 시작했다.

"에이!"

콰득!

팔꿈치 한 방으로 다시 곽환을 먼 곳으로 보낸 위연호가 입에 풀피리를 물고 불기 시작했다.

"크, 세상은 아직 아름답구나."

지금까지 이런 식으로 여유롭게 어딘가로 이동해 본 적이 없는 것 같았다.

한림대장원으로 갈 때는 배가 고팠고, 성수장으로 갈 때는 짐칸에 실려 갔다. 지금은 전용 수레에 실려서 가고 있으니, 이보다 호화로울 수가 없었다.

"햇볕도 따스하고."

그러니 어찌 잠이 오지 않을 수가 있는가!

사람이라면 이런 상황에서는 누구나 잠에 빠질 수밖에 없을 것이다.

위연호는 솔솔 밀려오는 잠에 자신을 맡겼다.

덜컥!

하지만 그 순간에 돌부리에 걸린 수레가 요동쳤다.

"끄응."

"죄, 죄송해요."

위연호가 신음성을 내자 서문다연이 일단 사과부터 하고
말았다.

"얼마나 남았어요?"

"……얼마 안 남았어요."

"계속 다 와간대. 진짜 얼마 안 남은 건 맞아요?"

"네."

정말 앞으로 얼마 남지 않았다.

문제는 이제 곧 신양(信陽)으로 접어든다는 것이고, 정
무맹의 지부가 있는 신양은 나름 커다란 도시라는 점이었
다. 당연히 그녀의 지금 꼴을 보는 사람도 많아질 것이다.

"정말 죄송한데요."

"네?"

"……도시에 접어들면 수레를 두고 가면 안 될까요?"

"이 아까운 걸 버리자구요?"

"제가 지부에만 도착하면 열 개라도 사 드릴게요."

"흐음."

위연호는 영 탐탁찮은 얼굴이었다.

"저, 저 사람도 제가 업고 갈게요. 그냥 조금만 걸어주시면 돼요."

"흐음."

물론 위연호는 관대한 사람이었다.

"뭐, 정 그러면 어쩔 수 없죠."

"감사합니다."

"아버지께서는 항상 여자를 우대해야 한다고 했으니까요."

이게 우대냐?

이게?

저 인간은 양심이란 게 없는 건가?

머리에서 김이 날 것 같지만, 억지로 노성을 참아낸 서문다연이 한숨을 내쉬었다.

겨우겨우 신양에 도착한 서문다연은 성벽에 도착하기 전, 구석진 숲에 수레를 숨기고는 곽환을 들쳐 업었다.

"가시죠."

"왜 이리 멀리 세워요?"

"저긴 사람이 너무 많잖아요……."

"흐음."

위연호는 마음에 들지 않는다는 티를 꼬박꼬박 냈지만, 굳이 저기까지라도 수레를 타고 가겠다고 고집을 피우지는 않았다.

눈물 나게 고맙게도 말이다.

"가죠, 그럼."

"예. 감사해요."

물론 엄청나게 골탕을 먹은 꼴이 되었지만, 위연호에게 감사하는 마음은 진짜였다. 위연호가 아니었다면 살아남을 수도 없었을 것이고, 이곳까지 마인을 데려올 수도 없었을 것이다.

성문 앞에는 성으로 들어가려는 사람들이 길게 늘어서 있었다.

조금 기다리자 금방 위연호의 차례가 되었다.

"호패."

"아……."

그제야 그녀는 자신이 전낭을 잃었다는 것을 생각해 냈다. 신분을 증명할 만한 것이 아무것도 없는 것이다.

"이, 잃어버렸는데요."

"호패를 잃어버……."

호패를 검사하던 관리가 그녀가 들쳐 업은 사내를 보더니 눈을 부라렸다.

"이 사람은 뭐냐?"

"마인이에요. 저는 정무맹의 소속으로 마인을 지부로 압송하고 있습니다. 그 와중에 호패를 잃어버린 거구요. 정무맹 지부로 연통을 넣어보시면 제 신분을 증명해 줄 거예요."

하지만 관리는 그녀에게 우호적이지 않았다.

"정무맹? 흥! 무뢰배 나부랭이들이었군. 내가 왜 굳이 너를 위해서 정무맹에 연통을 넣고 그걸 기다려야 한다는 거지? 호패를 찾아오거나, 아니면 썩 꺼져!"

"안 되는데……."

서문다연이 발을 동동 굴렀다.

지금 쫓겨난다고 해서 들어갈 방법이 없는 것은 아니지만, 시간이 더 필요해진다. 이미 충분히 시간이 끌린 뒤였다. 한시라도 빨리 마인을 인계해서 그들의 음모를 밝혀야 한다.

어찌할까 고민하는 그녀의 옆으로 위연호가 슬쩍 다가오더니 물었다.

"왜요?"

"호패가 없어서요. 아, 호패 있으시죠?"

"없는데요."

"왜 호패가 없어요?"

"삭아서 버렸어요."

"……그게 무슨 소린가요?"

위연호는 굳이 설명을 하지 않았다. 그 눅눅한 동굴에서 오 년이나 있다 보면 나무 같은 것은 삭아 없어질 수밖에 없다. 하지만 그걸 설명하기 위해서 굳이 그의 과거를 밝힐 필요는 없었다.

"호패가 없으면 여길 통과할 수가 없는데⋯⋯."

"비켜봐요."

위연호는 서문다연을 잡아끌고는 앞으로 나섰다.

"뭐야?"

관리가 그를 보더니 역정을 냈다.

"네가 호패가 있다 하더라도 호패가 없는 이의 신분을 증명할 수 없는 이상 들여보낼 수 없다. 혼자라도 들어가겠다면 보내주마."

"잠시만요."

위연호가 관리의 소매를 잡아끌었다.

"이놈이?"

관리가 역정을 냈다. 구석으로 그를 잡아끌고 가는 의도가 뻔히 보인 것이다.

"크흐흠, 할 말이 있거든 빨리 하거라. 이 몸은 바쁜 몸이니!"

"응?"

"이쪽으로!"

관리가 되레 위연호를 데리고 가기 시작했다.

"얼레?"

사람 눈에 띄지 않는 곳까지 위연호를 데리고 간 관리가 손을 내밀었다.

"열 푼이다."

"열 푼요?"

"빨리 내고 지나가거라! 나도 바쁜 몸이다."

"아, 네."

위연호는 품 안에서 꺼낸 물건을 관리가 내민 손 위로 올렸다.

"뭐가 이리 묵직……."

손 위에 올려진 것을 본 관리가 입을 다물었다.

휘황찬란하게 빛나는 황금색 소도(小刀)를 본 관리의 볼이 푸들푸들 떨리기 시작했다.

아니겠지.

아닐 거야.

아무리 그래도 이건 좀 심한 경우 아닌가.

하지만 소도에 새겨져 있는 문양을 확인한 관리는 그냥 웃고 말았다.

"하하하, 어르신."

"제가 더 어린 것 같은데요?"

"직위 고하가 문제지, 나고 자란 시기가 중요하겠습니까?"

"좋은 발상이긴 하지만, 그런 좋은 발상을 하시는 분이 왜 이러셨을까?"

"제가 딱 한마디만 드려도 되겠습니까?"

"네."

관리가 빙긋 웃으며 말했다.

"……살려주세요."

"쩝."

위연호는 성문을 나서면서 고개를 흔들었다.

"이런 게 전문이 되어가는 기분인데."

관리의 속곳 안에 숨겨둔 비상금까지 탈탈 털어 제낀 위연호는 즐거움 반, 찝찝함 반의 심정을 느끼고 있었다.

한직에 박봉까지 시달리는 이들이 뒷돈을 받아 챙기는 것이야 어느 정도는 묵인할 수밖에 없는 일이지만, 눈에 띈 이상 그냥 놔둘 수도 없는 노릇이었다.

원래라면 재산을 몰수하고 관아에 넘겨 치도곤을 내야 하지만, 가지고 있는 돈을 빼앗는 정도로 용서를 해주었으니 참으로 자비로운 처사라고 하지 않을 수 없었다.

"뭘 어떻게 한 거에요?"

"그런 게 있어요."

위연호는 손을 휘휘 저었다.

"음……."

서문다연은 앞서가는 위연호를 가만히 바라보았다.

'어디서 이런 사람이 튀어나온 거지?'

생각을 해보면 참으로 이상하다.

그 나이에 어울리지 않는 비정상적인 무위하며, 지금까

지 소문나지 않은 게 이상할 정도로 괴팍한 성정에, 툴툴대던 관리를 단번에 제압해 버린 능력까지.

좋은 쪽이든, 나쁜 쪽이든 이런 사람이 알려지지 않았다는 게 이상한 것이다.

"춘부장의 성함이 어찌 된다고 하셨죠?"

"위 정 자, 한 자를 쓰시죠."

"음, 그렇…… 정협검?"

"저번에 말했는데요?"

서문다연의 동공이 지진을 일으켰다.

그러고 보니 얼핏 그런 말을 들었던 것이 기억이 난다. 하지만 그때는 마인들에게 포위당한 상황이었는데, 그런 상황에서 위연호가 하는 말이 귀에 들어올 리가 있나.

"그럼 소협이 광동위가 출신이신 거예요?"

"네."

"그럼 척마검 위산호와는?"

"형이에요."

"아……."

서문다연이 새삼 놀란 눈으로 위연호를 바라보았다.

다른 것은 몰라도 나이에 어울리지 않는 무위는 이제 이해가 갔다.

위산호의 동생이라면 당연한 일이다.

잠룡무관에서도 다른 동기들을 기겁하게 만드는 성취로

단연 수석을 차지했던 위산호 아닌가.

지금이야 정협검의 자식이라 불리지만, 십 년만 더 지나면 정협검이 척마검의 아비로 불리게 될 거라고 평해지는 위산호였다. 정협검이 강호에서 가지는 위치를 생각한다면 전무후무한 평가라고 할 수 있었다.

"아, 소협이 위 공자의 동생이었군요."

"우리 형을 알아요?"

"동기예요."

"그럼 누나네?"

서문다연이 손을 내저었다.

"아니에요. 잠룡무관은 나이 순서로 입관하는 곳이 아니라서 동기라도 나이가 다 달라요."

"그럼 누나는 몇 살인데요?"

"……."

아무리 강호라고 하더라도 여자의 나이와 이름을 묻는 것은 무례한 일이었다. 하지만 위연호의 눈에서 악의가 없음을 발견한 그녀는 순순히 대답을 해주었다.

"이제 약관이에요."

"그럼 누나네."

서문다연의 이마에 핏대가 솟았다.

이제 약관이라는데 저 노처녀를 보는 듯한 눈은 뭐란 말인가!

물론 일반적인 기준으로는 이미 애가 둘쯤 있어도 이상하지 않은 나이였지만, 그녀는 강호인이란 말이다.

　강호인은 보통 혼인을 조금 늦게 하는 것이 관례처럼 인정되고 있었다.

　"시집 안 가요?"

　"왜, 왜왜! 왜 제가 시집가는 걸 그쪽이 신경 쓰시죠?"

　"나이가 찬 것 같아서."

　"제, 제가 알아서 해요!"

　서문다연의 얼굴이 확 달아올랐다.

　이 남자는 부끄러움도 모른단 말인가.

　"무관이라……."

　서문다연은 부끄러움에 어쩔 줄 몰라 했지만, 위연호는 이미 그녀에게서 관심을 돌린 후였다.

　그러고 보니 그때 그 일만 없었으면 그도 잠룡무관에 입관했을 것이다.

　이제는 추억이 되어버렸지만, 이리 다시 그 이름을 들으니 어떤 곳인지 새삼 궁금함이 밀려왔다.

　"저기예요."

　하지만 물어볼 새도 없이 서문다연이 한쪽을 가리켰다.

　꽤나 커 보이는 장원이었다.

　"저기가 정무맹 신양 지부예요."

　"정무맹 같은 단체도 지부가 필요한 거예요?"

"그럼요. 정무맹은 조율자예요. 그런데 낙양에만 다들 모여 있으면 어떻게 빠른 조율을 하겠어요. 문파들이 일이 있을 때는 일차적으로 지부에서 처리를 하는 것이 원칙이에 요."

"흐응."

위연호는 알겠다는 듯 고개를 끄덕였다.

서문다연이 이제야 쉴 수 있겠다는 듯 밝은 얼굴로 쪼르 르 달려 지부의 문을 두드렸다.

"계세요? 계세요?"

"잠깐만요."

"네?"

위연호가 서문다연을 잡아끌더니 가만히 지부 안을 바라 보았다.

"지부에 사람이 몇이나 있어요?"

"글쎄요? 못해도 백 명은 있을 텐데?"

"안에 아무도 없는 것 같은데?"

"……네? 그럴 리가 없는데?"

"어, 아니다. 한 명 있네. 지금 나오고 있어요."

"네?"

서문다연은 대체 위연호가 무슨 말을 하는가 싶었지만, 얼마 지나지 않아 정말로 안에서 기척이 느껴지더니 끼익, 소리와 함께 대문이 열렸다.

"무슨 일로 오셨습니까?"

대문 밖으로 모습을 드러낸 중년인이 묻자 서문다연이 고개를 살짝 숙이고는 입을 열었다.

"숭천정무맹 비연각 소속 서문다연입니다."

"아, 예."

사내가 서문다연을 위아래로 훑었다.

"무슨 일이십니까?"

딱히 신분을 증명할 것을 제시하지는 않았기에 다 믿는 눈치는 아니었다.

"마인을 생포해 왔어요."

"마인이라고 하셨습니까?"

"예. 가까운 곳에서 마인을 생포했으나 저 혼자서는 본 맹으로 압송하기가 힘들어 지부의 도움을 받고자 찾아왔어요."

"으음, 무슨 말인지는 알겠습니다만……."

사내가 난감한 얼굴로 위연호와 서문다연, 그리고 서문다연의 어깨 위에 걸쳐져 있는 곽환을 번갈아 보다가 한숨을 내쉬었다.

"그 말이 사실이라 하더라도 지금은 도움을 드리기가 힘들 것 같습니다."

"네? 어째서요? 여기가 정무맹의 신양 지부 아닌가요?"

"맞기는 합니다만, 지금은 인원이 없습니다."

"······인원이 없다구요?"

그녀가 알기로는 신양 지부는 결코 작다고는 할 수 없는 지부였다. 낙양에서 가깝기는 하지만 주변을 총괄하는 위치다 보니 수백 명의 사람들이 항상 상주하는 곳이 아니던가. 그런 곳에 사람이 없다니, 이상하지 않을 수 없었다.

"확실히 비연각 소속이 맞으시지요?"

"제가 지금 격전 중에 호패를 잃어버려 증명할 길이 없네요. 제게 맹에 관한 것을 물어보시면 대답을 해드리는 것으로 증명할 수 있을까요?"

"좋은 생각이십니다."

몇 가지 질답이 오고 가자 사내가 고개를 끄덕였다.

"맞는 것 같군요. 일단 안으로 드시지요."

"예."

"그런데 이쪽은?"

"마인을 잡는 데 도움을 주신 분이세요."

사내가 위연호를 위아래로 훑어보고는 다시 몸을 돌렸다.

"들어오십시오."

문 안으로 들어가자 텅 빈 장원이 눈에 들어왔다. 이만큼이나 큰 장원에 인기척이 전혀 느껴지지 않으니 음산한 기분마저 들었다.

"이쪽으로."

사내가 둘을 객청으로 안내했다.

객청에 자리를 잡자 차를 내온 사내가 건너편에 앉으면서 자신을 소개했다.

"저는 숭천정무맹 신양 지부의 내각을 맡고 있는 공손형(公孫形)이라고 합니다."

"아, 공손 대인이셨군요. 말씀은 많이 들었습니다."

"하하하, 본 맹에 알려질 정도로 대단한 이름이 아닌 것은 잘 알고 있습니다."

서로 겸양을 한 후에야 제대로 된 대화가 진행되었다.

"그런데 사람들은 다들 어디로 간 건가요?"

"음, 그전에……."

공손형이 자리에서 벌떡 일어나더니, 어디론가 가서 굵은 쇠줄을 가지고 와 곽환을 친친 감기 시작했다. 팔과 다리를 모두 묶은 후 입에 재갈까지 물린 다음에야 안심된다는 듯 다시 자리에 가서 앉았다.

"마인이 맞다면 이것도 부족하지요."

"예."

"대체 어떻게 마인을 생포하신 겁니까? 마인이라 한다면 그 무위 또한 범상치 않을 텐데."

"제가 아니라 이분이 잡으셨어요."

"이분께서?"

공손형이 위연호를 다시 한 번 찬찬히 살피더니 미덥지 않다는 얼굴로 다시금 서문다연을 바라보았다.

'믿기 힘들겠지.'

병든 닭 같은 얼굴을 하고 꾸벅꾸벅 졸고 있는 저 인간이 마인을 때려잡았다고 한다면 누구도 믿지 않을 것이다.

하지만 그것이 진실이니 어쩌겠는가.

"크흠, 그렇군요."

다행히 공손형은 '뭔가 말 못할 사정이 있었겠지' 라는 식으로 넘어가 주었다.

"말이 길어졌네요. 그나저나 대체 무슨 일이 있기에 지부가 빈 것입니까?"

"못 들으셨습니까?"

"예?"

"지금 주변에 소문이 쫙 퍼졌는데, 이곳까지 오시면서 듣지 못하셨다는 말입니까?"

"워낙에 급하게 와서……."

사실은 너무 창피해서 귀고 눈이고 다 막고 온 것이나 마찬가지라 다른 이들의 눈치를 살필 여력이 없었다는 게 맞다.

"그럼 모르실 만도 하군요. 사실은 지금 이 근처에 이상한 소문이 돌고 있습니다."

"……네? 이상한 소문요."

"꽤나 터무니없는 소문이기는 합니다만……."

공손형이 진지한 얼굴로 말했다.

"선대의 유진이 발견되었다는 소문이 돌고 있습니다."

"선대?"

서문다연이 얼굴을 굳혔다.

"그럼 지금 비급 하나 나타났다고 해서 지부에 있는 사람들이 모두 그곳으로 몰려갔다는 말인가요? 명색이 숭천정무맹의 지부에서 일한다는 사람들이?"

그녀의 얼굴에 노기가 솟아올랐지만, 공손형은 아무렇지도 않게 대답했다.

"물론 이해할 수 없으시겠지만, 나타난 비급이 뭔지 아신다면 그리 태연하실 수 없을 겁니다."

"……뭔데요?"

공손형이 눈을 빛내며 대답했다.

"검황의 유진입니다."

"거, 검황이요?"

"예. 그 검황입니다."

서문다연의 입술이 떨리기 시작했다.

그게 사실이라면 여기에 있는 이들이 모두 몰려간 것이 전혀 이상하지 않았다. 아니, 자리를 지키고 있는 공손형이 되레 이상하게 느껴질 정도였다.

"검황?"

꾸벅꾸벅 졸던 위연호가 검황이라는 말에 반응하여 고개를 빼꼼 들었다.

"검황이 누구예요?"

"검황을 몰라요?"

"네. 들어본 적은 있는 것 같은데, 잘은 몰라요."

"세상에 검을 쓰는 사람이 검황을 모르다니……. 지금까지 세상에 나타났던 모든 검수 중에서 역대 최고라고 불리는 사람이란 말이에요."

"……고금제일검이라는 건가요?"

"네. 누구나가 인정하는 고금제일검이죠. 심지어 그 무당과 화산조차도 검황이 고금제일검이었다는 것을 부정하지 못한단 말이에요."

"대단하네요."

그 말은 확실하게 와 닿았다.

검에 대한 자부심으로는 콧대로 산을 무너뜨리고도 남을 무당과 화산이 그 사실을 부정하지 못한다면, 정말 제대로 된 고금제일검이라는 소리였다.

"그런데 왜 유명하지 않은 거예요?"

"유명하죠. 엄청 유명하다구요."

"……아니, 그럼 내가 알았어야 하지 않나요? 장삼봉이나 달마 대사처럼 말이에요."

"아, 그건……."

서문다연이 설명을 했다.

"세력이 없어서란 게 제일 클 거예요."

"으음?"

"달마 대사나 장삼봉 진인이 지금까지도 무학의 조종이라 불리는 것은 그들이 각기 소림과 무당이라는 세력을 일구어냈기 때문이죠."

"으음, 확실히 그렇네요."

"한 사람의 인생이란 짧은 거예요. 그 인생에 대한 평가가 훗날까지 이어지려면 그의 삶을 널리 알려 퍼뜨려 줄 후학이 있거나, 그를 모시는 세력이 있어야 하는 법이죠. 일례로 공자님 같은 경우에도 그를 모셨던 제자들이 없었다면 일개 학자로 남았을 거라구요."

"그거 들으면 싫어할 사람이 많겠는데요? 일단 떠오르는 사람이 한 명……."

"사실이 그래요."

서문다연은 입가로 손을 가져갔다.

"물론 대놓고 말할 일은 아니지만요."

"으음……."

위연호가 고개를 끄덕였다.

"그럼 그 양반은 그만한 실력으로 세력도 안 쌓고 뭐했대요?"

"세력이 없던 것은 아닌데……."

"네."

"가문이랑 거의 절연을 할 만큼 성격이 매우 괴팍하셨다고 하더라구요."

"······어디서 들은 이야기 같은데?"

위연호의 얼굴이 미묘해지기 시작했다.

"그럼 혹시 그 양반이 소림이나 무당에서 깽판을 쳤다거나 그러지는 않았나요?"

"에이, 아무리 검황이라고 해도 그런 일이야 했겠어요? 소림이나 무당이 어디 그럴 수 있는 곳인가요?"

"그럼 아닌가 보네."

위연호는 한숨을 내쉬었다.

"쯧쯧쯧, 검을 잘 쓰면 성격이 나빠지는 건가? 왜 다들 그렇지?"

"다들?"

"내가 아는 검의 고수라고 할 수 있는 사람들치고 일반적인 성격을 가진 사람은 하나도 없는 것 같아서요."

백무한이 그랬고, 위정한이 그랬다.

"여하튼 그래서 전해지지 않았다는 이야기네요. 그런데 갑자기 비급이 나타났다? 그런 것에 속는 사람도 있어요?"

"속아요?"

"비급이 나타났다는 말이 퍼진다는 건 그걸 본 사람이 있다는 이야기잖아요. 내가 검황의 비급을 발견했다면 미쳤다고 그걸 남에게 떠들겠어요? 아무 말 없이 꿀꺽하죠. 그런데 그 말이 퍼졌다는 것 자체가 이상하잖아요."

"그, 그러네요?"

평소라면 그녀도 이상한 점을 발견했겠지만, 검황의 비급이라는 말이 가져다주는 파급력이 너무 컸다.

하지만 공손형의 생각은 다른 모양이었다.

"저는 비급이라고 말씀드린 적이 없습니다. 유진이라고 했지요."

"유진요?"

"정확하게 말하자면, 마지막 종적이 묘연하던 검황의 무덤이 발견된 것입니다."

"호오."

"신양이라면 검황의 거처와 그리 멀지도 않습니다. 더구나 나산에 검황의 무덤이 있을 거라고 말한 사람이 천하제일지자(天下第一知者)라 불리는 추지객(追知客)이니만큼 그 신빙성이 있다고 할 수 있지요.

"호오?"

위연호가 관심이 간다는 듯 물었다.

"그 추지객이라는 사람의 말은 믿을 만한가 보네요?"

"그는 무인이라기보다는 학자에 가까운 사람입니다. 특히나 고학(古學)에 관심이 높지요. 지금까지 그가 밝혀낸 과거의 유물은 한둘이 아닙니다. 다만, 그는 직접 유물을 찾아내기보다는 서류와 당시의 상황을 검증하여 적절한 위치를 찾아내는 사람입니다. 그가 서류를 통해 위치를 찾아내면 다른 사람들이 몰려가 파내는 것이지요. 지금까지 그가 발견한 선학들의 은거처만 해도 열이 넘습니다."

위연호가 조금 떨떠름한 얼굴로 물었다.

"그거 도굴 교사범 아닌가요?"

"……도, 도굴 교사범요?"

세상에 그런 말도 있는가?

살인 교사범은 들어보았어도 도굴 교사범이란 말은 처음 들어본 공손형이 눈을 크게 떴다.

"그거 말이야 학문이지, 실제로는 남의 무덤 있는 데를 파악해서 다른 사람보고 파라고 하는 거잖아요. 그게 도굴 교사지."

……듣고 보니 그런데?

뭔가 무림의 신비인인 추지객이 일개 도굴꾼으로 전락하는 순간이었다.

"무덤 주인들이 저승에서 땅을 치겠네."

공손형이 가만히 위연호를 바라보았다.

얘 뭐지?

생각하는 방식이 뭔가 좀 이상한데?

"그, 그래도 무림의 발전에는 도움이 되는 거죠."

"쯧."

위연호가 손을 내저었다.

"시대가 흐르면 발전을 해야죠. 새로운 무공을 만들어내서 선대를 뛰어넘으며 세상은 발전해 나가는 거예요. 그런데 아직까지 선대의 무공이 최고니 어쩌니 하면서 예전 무학들에만 매달리고 있으니 발전이 없죠."

그것도 틀린 말은 아니기는 한데…….

뭔가 위연호와 대화를 하고 있다 보면 이상한 기분이 들었다.

딱히 틀린 말은 아닌 것 같은데, 듣고 있다 보면 뭔가 찝찝한, 그런 오묘한 느낌.

"여튼 나랑은 상관없는 이야기니 이제 약속했던 걸 지켜야지."

"아……."

서문다연이 공손형을 보며 말했다.

"죄송합니다만, 마차와 마부를 지원 받을 수 있을까요?"

"평소라면 가능합니다만……."

공손형이 멋쩍게 머리를 긁었다.

"지금은 집행이 좀 어렵습니다. 보시다시피……."

사람하나 없이 휑한 지부를 보니 왜 어렵다고 하는지 이해 못할 건 아니었다.

다만, 그녀는 몰라도 위연호는 그것을 이해해 줄 것 같지 않았다.

"……꼭 필요해요."

"으음."

공손형이 고민을 하다 입을 열었다.

"그렇다면 마차는 지원해 드릴 수 있지만, 마부는 어렵습니다. 마차는 어차피 이쪽에서 쓰던 것이 있어서 빌려 드리기는 어렵지 않지만, 아무래도 마부는 인력을 고용해야 하는데 지금 추가 인력의 배치를 승인해 줄 사람이 없어서."

"공손 대인께서 해주시면 되는 것 아닌가요?"

"인력에 관한 문제는 지부장님의 소관입니다. 정 그러시다면 차라리 나산으로 지부장님을 찾아가 보시는 게……."

서문다연이 미묘한 얼굴로 위연호를 바라보았다.

"위 소협?"

"나는 여기서 자고 있을 테니 찾아오시든가."

"……역시 그렇겠죠."

같이 지낸 것이 얼마 되지도 않는데 이렇게 반응이 빤히 예측되는 것도 참 신기한 일이었다.

"그건 아무래도 어려울 것 같은데……. 어떻게 방법이 없을까요?"

"정 그러시다면 마차와 돈은 지원해 드리겠습니다. 잡아 오신 이가 마인이 확실하다면 그 정도 지원이야 어렵지 않으니까요. 하지만 인력은 힘듭니다. 두 분 중 한 분이 마차를 몰고 가셔야 할 것 같습니다. 사실 그리 어려운 일은 아니잖습니까?"

물론 공손형은 위연호를 염두에 두고 한 말이지만, 그 말에 한숨을 내쉰 것은 서문다연이었다.

"어려운…… 일이…… 아니긴 하죠."

수레를 끌고 가는 것에 비하면 더없이 편한 일이라고 할 수 있었다. 하지만 왜 아까부터 자꾸 눈가에 습기가 차는 걸까?

그녀도 나름 집에서는 귀하게 자란 몸인데…….

직장에서는 이상한 정보가 들어왔다고 확인해 보라며 야밤에 마인들이 득실거리는 산으로 보내지를 않나, 거기서 겨우 살아 돌아왔더니 마부가 되어야 한다니.

이게 무슨 참사라는 말인가.

"그, 그런데 저는 지금 낙양으로 가야 하거든요. 정무맹으로 바로 가야 해요. 그런데 위 소협은 목적지가 낙양이 아니잖아요."

"괜찮아요."

"……네?"

"목적지가 따로 없거든요. 어디로 가도 괜찮아요. 이왕이면 사람이 많은 곳이 나으니까, 낙양도 괜찮은데?"

서문다연은 하늘이 무너지는 것 같은 느낌을 받았다.

겨우 저 멀리서 이 어두운 동굴에서 빠져나갈 수 있는 빛을 발견했는데, 그곳으로 가던 와중에 동굴이 무너져 내린 느낌이었다.

"낙양으로 가신다구요?"

"네. 생각해 보니 정무맹이 어떻게 생겼는지 보고 싶은 마음도 있구요."

"아, 그러시구나……."

서문다연이 필사적으로 방법을 찾았다.

"그, 그럼 위 소협은 검황의 유진에는 관심이 없으신가요?"

"……그거 어디다 쓰는데요?"

"검황의 유진인데……."

위연호가 고개를 저었다.

"사부가 말하기를, 비급이나 이런 것들은 그닥 쓸모도 없는 거라고 했어요. 게다가 저는 지금 제가 가진 걸 소화하는 것도 솔직히 벅차요."

몽련공으로 자는 내내 수련을 하고 있음에도 스승이 남겨준 것을 온전히 자신의 것으로 만드는 것은 지난한 일이었다.

자고 일어나면 자기 전보다 더 피곤한 일도 비일비재하지만, 어쩌겠는가.

'그런데 이건 대체 언제 끝나는 거지?'

경지에 오르면 자연히 해소가 된다고는 했지만, 그 경지라는 것이 어디인지 도통 알 수가 없었다.

"있을지 없을지도 모르고, 그리고 음…… 산을 다시 오른다는 것도 좀……."

'그거구만.'

왠지 마지막 말이 모든 것을 함축하고 있는 느낌이었다.

여하튼 결과적으로 말하자면, 위연호는 검황의 유진에는 전혀 관심이 없다는 것이었다.

빠져나갈 길을 차단당한 서문다연이 서글픈 얼굴로 공손형에게 물었다.

"그럼 마차는 어디에 있나요?"

그렇게 삐까번쩍하지는 않아도 나름 정갈한 느낌이 드는 마차였다.

게다가 정무맹의 표식이 확실하게 새겨져 있기에 괜한 시비에 휘말릴 걱정도 덜었다는 점이 가장 마음에 들었다.

'하지만 내가 몰아야 하겠지.'

서문다연은 한숨을 내쉬었다.

그녀도 무인의 길을 선택한 몸으로서 마차를 몰고 가는 것이 이상하다고 생각하지는 않았다. 하지만 그 마차에 탈 사람이 신체 건강한 게으름뱅이라는 것이 그녀를 슬프게 했다.

"흐음."

하지만 위연호는 마차가 마음에 들지 않는 듯 문 안을 기웃기웃했다.

"잠시만요."

"네?"

"잠시만 기다려요. 영 마음에 안 드네."

그 말을 남긴 위연호가 휘적휘적 밖으로 나갔다.

도대체 또 무슨 짓을 하려는 건가 하는 의문이 들었지만, 그 의문은 곧 풀렸다.

밖으로 나간 위연호가 얼마 되지 않아 커다란 등짐을 지고 안으로 들어온 것이다.

"……그, 그게 뭐예요?"

"이불요."

"이불요?"

위연호가 마차 문을 열더니 그 안에 가지고 온 이불들을 차곡차곡 깔기 시작했다.

"이 정도는 되어야 마차라고 할 수 있지."

"……."

바닥에 침상을 만들어낸 위연호가 신발을 벗더니 마차에 올랐다.

"출발할 때 말해줘요."

쿵.

마차 문이 닫히는 소리가 나자 서문다연은 조금은 서글픈 얼굴로 먼 하늘을 바라보았다.

'엄마.'

오늘따라 집에 계신 어머니가 보고 싶었다.

"마인은 어떻게 하죠?"

"아무래도 마차로 마인을 데리고 가는 것은 위험할 수 있습니다. 이 상황도 오래가지는 않을 테니, 일단은 지부 지하의 뇌옥에 가두어두었다가 사람들이 돌아오면 본 맹으로 압송하도록 하겠습니다."

"하지만 저자의 증언이 있어야 합니다."

"아니면 지금 본 맹에 연통을 보내서 이자를 압송할 이들을 보내달라고 하겠습니다."

"으음……."

확실히 그게 지금 서문다연이 곽환을 데리고 가는 것보다는 안전하다는 생각이 들었다. 더구나 곽환을 데리고 가려면 그의 제압에 관련된 것은 전적으로 위연호에게 의지해야 하는데, 외부인인 그에게 그런 것을 지속적으로 요구한다는 것도 부담스러웠다.

"그럼 그렇게 부탁드리겠습니다."

"예. 그리고 낙양까지 가실 여비입니다."

공손형이 내민 전낭을 공손히 받아 든 서문다연이 깊숙이 고개를 숙였다.

"배려해 주셔서 감사합니다."

"안에 정무맹이 신분을 보장한다는 임시 신분증도 넣어

두었습니다. 그것만 있으면 낙양까지 가시는 데 어려움은 없을 겁니다.”

서문다연은 마차에 올랐다.

“그럼 고생하세요.”

“예. 조심해서 가시길 바랍니다.”

“출발할게요!”

마차 안으로 빽! 소리를 지른 서문다연이 마차를 천천히 몰아 지부 밖으로 빠져나갔다.

그 광경을 보며 공손형은 쯧쯧, 혀를 찼다.

“아주 기묘한 광경이로군.”

고개를 절레절레 저은 공손형이 본 맹으로 보낼 서찰을 작성하기 위해 안으로 들어갔다.

마차는 별다른 문제없이 낙양으로 나아갔다.

수레에 얹혀서도 딱히 큰 불만이 없던 위연호에게 마차는 안락하기 짝이 없었고, 나름 심혈을 기울여 개조를 마친 덕에 침상에 누워서 여행을 하는 느낌을 받고 있었다.

“크, 마차 뚜껑만 열리면 최곤데 말이야.”

아무래도 여행이라는 것은 바람을 맞아야 제맛인데, 마차 안에 있다 보니 바람을 맞을 수 없다는 것이 아쉬웠다. 그렇다고 포근한 개조 침상을 두고 지붕으로 올라갈 생각은 없었다.

"멀었어요?"

"아니요."

"좀 빨리 가도 되는데?"

"노력할게요."

서문다연은 고삐를 흔들어 말들을 재촉했다.

"이게 뭐하는 짓인지……."

비연각 제일대는 정무맹의 정보를 다루는 단체다. 하지만 실질적으로 정무맹은 대부분의 정보를 개방에 의지하고 있기에 비각이 하는 일은 개방이 나설 수 없는 이들을 처리하는 것에 가까웠다.

개방의 거지들이 드러난 곳의 정보를 끌어모은다면, 비연각은 드러나지 않은 곳의 정보를 모은다.

그러려면 소속된 이들 하나하나가 총명해야 하고, 당연히 무위가 높아야 하며, 참고 버틸 줄 아는 인내심을 갖춰야 한다.

잠룡무관을 졸업한 지 얼마 되지도 않았음에도 비연각에, 그것도 제일대에 소속되어 있다는 것이 서문다연이 얼마나 재녀(才女)인지를 보여주고 있는 것이나 다름없었다.

그런데 지금 그 재녀는 말을 몰고 말먹이를 챙기느라 정신이 없었다.

"……이건 인력의 낭비야."

세상이 항상 합리적으로 돌아가지 않는다는 것쯤은 그녀

도 알고 있지만, 지금 이 상황은 아무리 생각해도 불합리의 극치였다.

더 슬픈 것은 아직 마을에 도착하지도 못했는데 해가 지고 있다는 점이었다.

길을 잘 아는 사람이라면 적당히 여정을 배분하여 쉴 곳을 찾았겠지만, 마차를 몰 줄은 알지만 마차를 몰고 여행을 해본 적은 단 한 번도 없는 그녀에게 그런 배분은 무리였다.

"해 지네."

저기 떨어지는 석양.

그리고 아직 산을 올라가고 있는 마차.

그 두 가지는 단 한 가지의 결론만을 내려주고 있었다.

"위 소협."

"넹?"

"아무래도 야영을 해야 할 것 같아요."

"야영이요?"

"예. 산길에 들어섰는데, 마을까지는 너무 먼 것 같아요. 어두운데 길을 가다가 사고가 날 수도 있으니, 적당한 곳에 마차를 세우고 자야 할 것 같아요."

"어쩔 수 없죠, 뭐."

"이해해 주셔서 감사해요."

"별말씀을."

서문다연은 지체하지 않고 적당히 마차를 세울 곳을 찾아 마차를 댔다. 말을 풀어 긴 줄을 연결하여 풀을 뜯을 수 있게 해두고, 마차 뒤에 실어놓은 물통을 꺼내서 말들이 마실 물까지 준비하고 나서야 허리를 펼 수 있었다.

"……마부가 할 일이 이리 많았다니."

겪어보지 못하면 모른다더니, 그냥 마차만 모는 줄 알았건만 말들까지 관리하려니 여간 힘들지가 않았다.

"위 소협, 식사는 어떻게 할까요?"

"건량이나 먹죠."

"불은 안 피워도 될까요?"

"저는 괜찮아요."

어찌 들으면 괜히 일을 만들지 말고 이제 편히 쉬라는 뜻으로 들리기도 하지만, 이제 위연호에 대해 나름 판단이 선 그녀가 듣기에는 전혀 다른 말로 들렸다.

'죽어도 마차에서 내리지 않겠다는 거로군.'

야영을 하면 한 가지 문제를 생각하지 않을 수 없었다.

바로 잠자리다.

보통은 마차로 여행을 하더라도 마차에서는 잠을 잘 수가 없기에 잠자리를 따로 마련해야 한다.

하지만 지금 위연호는 마차 안에 침상을 만들어놓지 않았는가. 그렇다면 누가 그 침상을 쓸 것인가 하는 문제가 남는다. 남녀가 유별한데 둘 다 안에서 잘 수는 없고, 결국

한 사람은 밖에서 자야 하는 법인데…….

"……혹시 잠자리는?"

"전 그냥 여기서 잘게요. 편히 주무세요."

저 봐!

저거, 저거! 미리 생각하고 저러는 거라니까!

사람이 어떻게 저렇게나 얄미울 수가 있단 말인가.

"저…… 위 소협."

"넹?"

"제가 오늘 마차도 많이 몰았고, 먼지도 많이 뒤집어쓰고, 덜컹거리는 딱딱한 바닥 때문에 허리도 많이 아픈데…….

"저런, 그럼 빨리 쉬셔야죠. 이제 말 안 시킬 테니까 얼른 주무세요."

"……."

서문다연은 해가 진 하늘을 바라보았다.

그래도 여잔데.

사람이 젊은 여자와 함께 있으면 조금 배려를 해줄 수도 있지 않은가.

그녀가 지금까지 이 고생을 하고 마차를 몰아 왔으면 잠자리는 좀 편하게 잘 수 있도록 해줄 수도 있을 텐데.

'콱! 등에 종기나 나버려라!'

생긴 것만 멀쩡하면 뭐하는가.

속이 썩었는데, 속이!

서문다연이 부들거리며 산속으로 몸을 옮겼다. 더 추워지기 전에 나뭇가지라도 끌어 모아서 불을 피워야 한다. 보나마나 바닥에 짚이나 깔고 야숙해야 할 처지인데, 불도 못 피우면 한기가 들어서 입이 돌아갈지도 몰랐다.

부지런히 나뭇가지를 모아 와 부싯돌로 불을 붙이고 나니, 벌써 시간이 한참 지난 후였다.

서문다연은 불가에 앉아서 건량을 씹었다.

"딱딱하네."

바람도 차다.

한기가 드는 것을 느껴 불가로 좀 더 다가간 그녀가 원독에 찬 눈으로 마차를 바라보았다.

저 따뜻한 마차 안에서 혼자 침상에서 뒹굴대고 있을 위연호를 생각하니 악이 받친다.

물론 처음부터 그녀가 위연호에게 악감정을 가지고 있던 것은 아니다. 하지만 그 누구라도 위연호와 삼 일만 같이 지내보면 좋음 감정은 싹 날아갈 것이라고 자신할 수 있었다.

"그래도 위산호 공자는 나름 군자였는데."

위산호를 떠올린 그녀의 눈이 살짝 몽롱해졌다.

무거운 분위기 때문에 쉽게 다가갈 수 없었지만, 위산호는 수많은 여인들에게 사모의 대상이었다.

잘생긴 얼굴과 드높은 무위, 그리고 자신의 검에 한없이 파고드는 그 열정.

게다가 가끔 보여주는 배려심은 여심을 녹이기에 충분했다.

"……그런데 왜 저러냐고."

피를 나눈 형제건만, 왜 이리 다른가.

얼굴이 위산호만 못하면 성격이라도 더 좋아야지.

같은 곳에서 나서 같은 교육을 받고 컸을 텐데, 어쩌다 이리 다른 형제나 되어버렸는지 도통 모를 일이었다.

"그러니까!"

뭔가 불만을 더 늘어놓으려던 그녀가 입을 다물고 고개를 돌렸다.

저 멀리서 인기척이 느껴진 것이다.

'이 밤에?'

선자불래 내자불선(善者不來 來者不善)이라 하지 않는가. 이 밤에 산을 돌아다니는 이가 불가를 찾아온다면 경계하지 않을 수 없었다.

서문다연이 조용히 입을 열었다.

"소협."

하지만 대답이 없었다.

"소협!"

"으응?"

반쯤 잠에서 깬 목소리가 들려온다.

'그새 잠들었구나.'

마차를 타고 오는 내내 잠을 자고 그새 또 잠을 자다니, 얼마나 자야 만족한단 말인가.

"누군가 오고 있어요. 조심하세요."

"네."

귀찮다는 듯 간결한 대답이 들려왔다.

속이야 타지만 말해 무엇하겠는가.

그녀는 은밀히 자신의 협봉검 손잡이를 가까운 쪽으로 돌려놓았다.

얼마 지나지 않아 그녀의 앞으로 세 남자가 나타났다.

"실례합니다."

사내 중 하나가 앞으로 나서서 포권을 했다.

"수상한 사람들이 아니니 너무 경계치 마시기 바랍니다. 일이 있어 산중을 헤매던 중 불을 보고 찾아왔습니다. 크게 실례가 되지 않는다면 잠시 쉬어 갈 수 있겠습니까? 밤의 산을 우습게 보았는데, 계속 체온이 떨어져서 이대로라면 큰일이 나겠다고 생각하던 와중이었습니다."

서문다연이 불에 비친 사내들의 모습을 보고는 자리에서 일어나 포권을 했다.

"불을 내드리고 싶은 마음이야 있습니다만, 여인의 몸이라 함께 밤을 나기에는 저어되는 마음이 있습니다. 야속타

마시고 어서 산을 내려가시기를 권해 드립니다."

"부탁 좀 드리겠습니다. 마두를 쫓아온 이들입니다. 결코 사특한 무리들이 아닙니다. 저는 정주(鄭州) 복원문(福元門)의 좌양(左陽)이라고 합니다."

"복원문이라면 무당의?"

사내가 빙긋 웃었다.

"부끄럽지만 무당의 지류를 잇고 있습니다."

"하, 속가셨군요. 복원문의 이름은 익히 들었습니다."

복원문이라면 그녀도 익히 들어본 적 있는 문파였다. 하지만 정보를 다루는 그녀의 특성상 자주 들은 것뿐이지, 사칭을 하려 했다면 좀 더 그럴싸한 문파의 이름을 내걸거나, 아니면 이 근처에 있는 문파의 이름을 댔을 것이다.

"형(形) 노사께서는 잘 지내시는지요?"

사내가 빙그레 웃었다.

"본 문에는 형 씨 성을 가진 분이 없습니다."

마지막 확인이 끝나자 그녀가 미소를 지었다.

"실례했습니다. 이쪽으로 오시지요."

사내들이 저마다 포권을 하고는 불가로 와 불을 쬐기 시작했다.

"소저께서는 어쩌다가 이런 밤에 이런 곳에서 노숙을 하시는지요? 소저도 마두를 쫓고 있습니까?"

"아닙니다. 저는 길을 가던 중이었는데, 산에서 밤을 맞고 말았습니다."

"저런. 산속의 밤은 위험하기 마련이지요. 다음부터는 조심하시는 것이 좋겠습니다."

다들 나름 준비를 했는지 짐에서 건량과 육포를 꺼내기 시작했다.

"그런데 마두라고 하셨습니까?"

"그것이……."

좌양이 곤란하다는 듯 머뭇댔다.

"사실 마두라고는 할 수 없으나, 소저 앞에서 꺼내기는 민망한 일이라……."

"저도 강호의 여인입니다. 무슨 일인지 들을 수 있을까요?"

"심각한 일은 아닙니다. 그저…… 음, 색마 하나가 다시 모습을 드러냈다가 지금 도주하고 있는 상황이라……."

"색마라고 하셨습니까?"

확실히 그런 상황이라면 이해가 갔다. 여인의 앞에서 색마라는 단어를 꺼내기는 민망했을 테니까.

"네. 들어보셨나 모르겠으나, 예전에 악명을 떨치던 탐화서생 서주악이라는 놈이 다시 모습을 드러냈습니다."

그 순간이었다.

콰앙!

마차의 문짝이 떨어져 나갈 듯 강렬하게 열리더니, 두 눈에 귀화를 품은 위연호가 밖으로 머리를 내밀었다.

"……누구라고?"

밖으로 나온 위연호를 본 이들이 몸을 부르르 떨었다.

그도 그럴 것이, 지금 위연호는 얼마 전에 본 마인들이 '앗, 뜨거라' 하고 도망가고도 남을 모습을 보이고 있었다.

두 눈에는 귀화가 풀풀 날리고 있고, 좌우로 말려 올라간 입꼬리는 사악하기 그지없어 보였다. 그 와중에 꽉 쥐어진 주먹은 지금 이 사내가 얼마나 적개심에 불타고 있는지를 보여주고 있었다.

"누, 누구?"

놀란 좌양이 소리쳤지만, 위연호의 귀에는 그 말이 들어오지 않는 모양이었다.

"누구라고 했지?"

"좌, 좌양입니다."

"아니!"

위연호가 이를 갈았다.

"지금 나타난 색마의 이름이 뭐라고 했지?"

"타, 탐화서생 서주악입니다."

'내가 왜 존대를 하고 있는 거지?'

한참 나이가 어려 보이는 자이지만, 감히 반말을 할 수가 없었다. 그만큼이나 지금 위연호가 뿜어내고 있는 기세는 무서웠다.

"흐흐흐흐."

위연호가 음침한 웃음을 흘리기 시작했다.

"탐화서생 서주아아아악?"

"소, 소협, 일단 진정하세요."

서문다연이 놀라서 자리에서 벌떡 일어났다.

이 사내는 마교의 마인들을 앞에 두고도 농담 따먹기나 하던 사람이다. 그런 사람이 이런 격렬한 감정의 기복을 보이다니.

탐화서생에게 원한이 있는 것인가?

"크흐흐흐흐흐."

위연호가 몸을 부들부들 떨었다.

"오 년이 지났건만 아직도 잊지 못했다. 망할 색마 놈!"

탐화서생 서주악.

그 빌어먹을 이름.

과거 위연호가 잠룡무관으로 가던 도중 위산호가 종적을 발견했던 색마가 바로 탐화서생 서주악이었다.

그 빌어먹을 놈이 거기서 일을 벌이지만 않았어도 위연호와 위산호는 헤어지지 않았을 것이고, 위연호는 백무한이 있던 동굴에 들어가지 않았을 것이다.

따지고 보면 지난 오 년의 고생이 모두 그 빌어먹을 색마 놈 때문에 벌어진 일이나 다름없었다.

"어디요?"

"……예?"

"그 찢어 죽일 색마 놈이 있는 곳이 어디냐고!"

"그, 그건 잘 모르겠습니다. 일단 종적을 쫓고 있습니다만, 저희가 아는 것은 탑하(漯河) 쪽으로 향하고 있다는 것이고, 여기서 멀지 않은 곳에 있으리라는 것뿐입니다. 합석을 한 이유도 젊어 보이는 여인이 색마가 돌아다니는 곳에 혼자 있으면 안 된다고 생각했기 때문입니다."

"탑하? 탑하!"

위연호의 눈에 귀화가 피어올랐다.

"원수는 외딴 산에서 만난다더니!"

"외나무다리입니다."

서문다연이 틀린 부분을 정정해 주었지만, 위연호의 귀에는 이미 아무것도 들리지 않는 것 같았다.

"내가 그놈 때문에……."

위연호의 몸뚱아리가 단단하지 않았다면 백무한의 수련 도중에 맞아 죽었을 것이다.

상황이 조금만 잘못되었다면 굶어 죽었을 것이고, 위연호의 오성이 조금만 부족했더라면 백무한의 검에 베여 죽었을지도 모른다.

그 모든 것을 다 이해한다 치더라도…….

"오 년 동안 맞은 것의 백분지 일이라도 때려야 분이 풀리겠다."

위연호가 이를 으득으득, 갈았다.

"움직인다!"

"소, 소협, 지금은 밤이에요."

"밤에는 길 못 가나?"

"위험하죠."

"위험?"

세상에서 가장 귀찮음이 강한 위연호다. 그 누구도 그에게 감히 귀찮음을 논하지는 못할 것이다.

하지만 지금 위연호의 원한이 귀찮음을 눌렀다.

"내가 더 위험해!"

위연호의 쩌렁쩌렁한 목소리가 산을 울렸다.

*　　*　　*

'어디서부터 잘못된 거지?'

분명 처음은 괜찮았다.

은거를 한 이후로 심심하게 살고 있는 그를 찾아온 이들이 다시 강호에 나설 것을 제안한 것까지는 말이다.

그들의 말을 듣는 순간 피가 끓어올랐다.

살아남기 위해서 본성을 억누르고 살기는 했지만, 그는 애초에 탐화객. 여인 없이는 살 수 없는 몸이었다. 겨우겨우 억누르고 있던 본성을 그들이 자극한 것이다.

그들은 그에게 다시 탐화객으로 살아가기 위해 필요한 재물을 제공했다.

강호는 이미 그를 잊었으니, 유유히 다시 사는 것도 나쁘지 않을 것이라는 말과 함께. 그 대가는 그가 가지고 있는 탐화장의 비결이었다.

나쁘지 않은 거래였다.

그는 애초에 풍류공자다.

무학에 대한 집착은 없는 것이나 마찬가지였다. 무공을 내주고 돈을 받을 수 있다면 나쁘지 않다. 어차피 평생을 가도 제자를 들일 수도 없는 몸 아닌가.

'거기까진 좋았는데…….'

등잔 밑이 어둡다는 그들의 말대로 낙양에서 가까운 남양에 터를 잡은 것까지는 좋았다.

처음에는 그저 마시고 놀 수 있다는 것만으로도 즐거웠지만, 이내 곧 시시해지기 시작했다.

항주와 소주를 주 무대로 삼아 놀던 그에게 밋밋한 소도시는 매력이 없었다. 결국 참지 못하고 신양에 발을 들인 것이 실수였다.

갑자기 검황의 유진이 발견되었다고 하더니, 신양으로 온갖 무인들이 다 몰려든 것이다. 그리고 그중 한 놈과 시비가 붙은 와중에 탐화장을 알아보는 이가 있던 것이다.

그러고는 이 꼴이다.

"크윽."

서주악은 왼팔의 소매를 뜯어내 오른팔의 상처를 감쌌다. 뼈가 보일 만큼 큰 상처는 아니지만, 이대로 두면 곪아 들어갈 것이다. 빠른 처치가 필요했다.

'두고 보자.'

서주악의 눈이 차게 가라앉았다.

'색마라니!'

왜 그에게 그런 말이 붙는단 말인가.

그는 적어도 색공을 사용한 적은 없었다. 채음보양을 한 적도 없는데 색마라는 이름이 붙는 것은 매우 억울한 일이었다. 물론 그가 여염집의 처자들을 몇몇 건드리기는 했고, 그 와중에 조금 강압적으로 일을 진행한 부분이 없는 것은 아니지만, 그 정도로 색마라는 이름이 붙는 것은 억울하지 않은가.

"한두 놈도 아니고……."

서주악이 이를 갈았다.

이번에 신양으로 몰려든 무인 중에서는 서주악이 감히 대적할 수 없는 이들이 너무 많았다.

"공무진(公無盡)!"

그의 팔을 길게 갈라 버린 검귀(劍鬼) 공무진 같은 이가 바로 그런 경우였다.

'탐욕에 쩔은 놈들.'

검귀쯤 되는 놈들이 검황의 무학이라는 이름에 눈이 뻘게져서 달려드는 꼴이라니.

무공이라면 자식도 팔아먹을 놈들이다. 그들은 무학에 집착하는 것이고, 자신은 여인에 집착하는 것뿐인데, 방향이 다르다고 해서 사람을 이리 핍박할 수 있는 거냐?

"오냐, 채음을 해주마."

정말 그를 색마로 몰아간다면 색마가 되어줘야지.

서주악이 품 안에 든 서책을 움켜잡았다.

그들이 탐화장을 얻어가는 대가로 재물과 함께 주고 간 비급이다.

그 안에는 그동안 서주악이 의식적으로 피해왔던 채음보양에 대한 진결이 들어 있었다. 이것을 익히고 일이 년만 채음에 집중하면 서주악은 그 누구도 무시할 수 없는 고수가 될 수 있을 것이었다.

'그때 두고 보자.'

그를 핍박했던 이들을 모조리 잡아 죽이는 생각을 하며 서주악은 킬킬 웃었다.

"잘도 웃는군, 이 색마 놈."

"헛!"

서주악이 깜짝 놀라 고개를 들었다.

수풀에 몸을 숨긴 그의 눈앞으로 흐릿한 인영이 보였다. 눈을 크게 뜨고 자세히 보니 새하얀 무복을 입은 여인 하나가 그에게 검을 겨누고 있지 않은가.

검을 든 그녀의 소매에 새겨진 다섯 장의 매화 잎 자수가 그녀가 누구인지를 말해주고 있었다.

"화산?"

백의와 매화는 화산의 상징.

"이 악적! 아무리 도망친다 해도 내 손을 벗어날 수 있을 거라고 생각했느냐!"

"……공무진 놈의 제자인 모양이로군."

여인은 가만히 대답했다.

"나는 화산의 이대 제자인 이설화(李雪花)다. 네놈을 벨 사람이 누군지는 알고 죽어야겠지."

"죽어야 한다고? 내가? 내가 무슨 죄를 지었다고?"

여인이 노한 얼굴로 소리쳤다.

"네놈이 한 짓은 백번 죽어도 모자라다! 내 친히 네게 벌을 내리겠다."

"네가?"

서주악이 주변을 살핀 뒤에 낮게 웃었다.

"이거참, 뭐라고 해야 할까. 나도 무척이나 얕보인 모양이군."

"뭐?"

"감히 이 몸을 너 따위가 잡겠다고?"

서주악이 몸을 일으켰다. 사람들은 곧잘 착각하고는 한

다.

그가 색마이기에 무위가 약할 것이라고.

하지만 서주악이 무림에 악명을 떨친 지가 벌써 십 년이다. 그가 약했다면 지금까지 목숨을 부지하고 있을 리가 없었다.

"꽤나 반반하게 생겼군."

서주악의 시선을 받은 이설화는 전신에 소름이 돋는 것을 느꼈다.

"네 사부의 손이나 잡고 관광이나 하고 돌아갔다면 무사했을 것을 헛된 공명심과 치기가 네 목숨을 앗아가는구나. 흐흐흐, 그렇다고 너무 걱정하지 마라. 내 친히 네게 천상을 보여줄 것이니."

서주악이 음흉하게 웃으며 이설화에게 다가가기 시작했다.

이설화는 얼굴을 얼음장같이 굳히며 서주악을 가만히 노려보았다.

아무리 사부가 발견하면 섣불리 대적하지 말고 자신을 찾으라고 했다고는 하나 이대로 돌아간다면 또 종적을 놓칠지도 모른다.

'제압하면 돼.'

색마 놈 하나 상대하지 못해서야 화산의 이름이 울지 않겠는가.

그녀의 검이 천천히 움직였다.

'선수필승.'

굳이 후수를 점할 필요는 없었다. 빠르고 현란하게 제압을 하고 다음 일을 생각해도 된다. 천천히 기수식을 펼친 그녀가 검을 움직이기 시작했다.

"호오."

서주악이 허공에 그려지는 매화를 보며 감탄했다. 아직 어려 보이는데 매화를 그려낼 수 있다는 것은 대단한 일이었다.

'하지만 그뿐.'

공무진의 매화가 웅장한 화폭에 담긴 절세의 산수화 같았다면, 지금 이설화가 펼치고 있는 매화검법은 아이가 장난으로 나무를 그려 댄 것과 다르지 않았다.

"겨우 이 정도로 나를 상대하려 했다니!"

분노가 치밀어 오른다.

그의 손이 슬쩍 들리더니, 붉은 기운을 뿜어냈다.

"매화검법은 나를 이길 수 없지. 왜냐면 나의 장공이 탐화장이기 때문이다."

서주악이 낄낄대며 장공을 날렸다.

"꺄아아아악!"

허공에서 검기와 장공이 충돌하는 순간, 매화검법의 검기가 너무도 쉽게 튕겨 나가며 이설화의 몸도 뒤로 장난감처럼 날아가 버렸다.

"쿨럭!"

바닥에 쓰러진 그녀의 입에서 핏줄기가 흘러나왔다.

'속이 다 뒤틀렸어.'

패도, 그 자체의 장공이었다. 변화고 뭐고 내공으로 그녀를 짓눌러 버린 것이다.

"흐흐흐흐."

서주악이 그런 그녀를 향해 천천히 다가왔다.

"애송이 주제에 세상을 우습게 보았구나. 내 너의 사부에게 당한 원한을 네년에게라도 풀어야겠다."

이설화가 질끈 입술을 깨물었다.

'사부님의 말을 들었어야 했는데.'

여인 홀로 색마를 상대하다가 패배했다는 것이 무엇을 의미하는지를 모를 만큼 그녀는 어리석지 않았다. 이제 그녀에게 어떤 일이 벌어질 것인지는 너무도 빤한 일이었다.

'죄송해요, 사부님.'

이설화가 슬그머니 혀를 이 사이로 밀어 넣었다.

"혀를 물겠다고?"

서주악이 나직하게 웃었다.

"이상하게 사람들은 혀를 물면 죽는 줄 안단 말이야. 팔이 잘려도 죽지 않는 게 사람인데, 그 혀 좀 잘려 나간다고 사람이 금세 죽을 것 같으냐? 네 사부가 심맥을 끊는 법은 가르쳐 주지 않더냐?"

"······."

"혀를 문 계집을 상대하는 것도 꽤나 흥취가 있는 일이지. 혀를 물어 과다출혈로 죽기까지는 반 시진도 넘게 걸릴 것이다. 그사이면 충분히 일을 끝낼 수 있지. 물어보아라. 큭큭큭."

그녀의 눈이 암담해졌다.

그럼 자신은 이제 꼼짝없이 이 색마에게 당할 수밖에 없다는 것 아닌가.

서주악이 음흉스럽게 웃으며 다가와 그녀에게 손을 뻗었다. 그녀가 눈을 질끈 감았다.

'사부님!'

그 순간, 서주악의 웃음소리보다 열 배는 더 음흉하게 들리는 웃음소리가 그녀의 귀를 파고들었다.

"으흐흐흐흐흐, 찾았다."

37장
게으름뱅이, 복수하다

서주악이 누구냐고?

탐화서생 서주악은 당시에는 꽤나 유명한 색마였지.

뭐, 사실 시대마다 색마 한둘은 있지 않은가. 그러니 뭐, 그리 특이할 것 없는 일이지.

하지만 내 생각에 서주악은 강호사에서는 꽤나 중요하게 다뤄져야 하는 게 맞아.

왜냐면…… 서주악이 거대한 수레바퀴를 굴려 버렸거든.

서주악이 아니었다면 위연호가 그 동굴에 들어갈 일은 없었을 거란 말이지. 위산호가 마음고생을 심하게 했고, 위연호는 몸 고생을 심하게 했지만, 따지고 보면 그놈이 정말 큰일을 해낸 거야.

응?

아, 물론 뭐, 서주악 본인은 후회하겠지.

엄청 후회했을 거야.

후회하지 않을 수가 없지.

그 꼴을 당했는데.

지금 또 말을 하다 보니 그 몰골이 생각나는구만. 정말 그건 끔찍했지.

"으ㅎㅎㅎㅎㅎ, 찾았다."

서주악은 등 뒤에서 들려오는 목소리에 깜짝 놀라 몸을 돌렸다.

"으ㅎㅎㅎㅎㅎ."

그곳에는 한 사내가 그를 바라보며 서 있었다.

"ㅎㅎㅎㅎㅎ."

'미, 미친놈인가?'

하는 짓이 웬만큼 미친놈이 아니었다.

나이는 어려 보이는데?

어둠 속에 가려진 얼굴을 가만히 살펴보니 앳된 티가 난

다. 아직 약관을 넘지 않았거나 갓 넘은 듯싶었다. 그런데
이 야심한 산중에 왜 이놈이 홀로 헤매고 있단 말인가.

"으흐흐흐흐흐."

"……미친놈이 맞나?"

그렇지 않고서야 이 상황에서 저리 웃고만 있지는 않을
텐데 말이다.

갑자기 나타난 어린놈이 천천히 고개를 들었다.

"서주악?"

탐화서생 서주악의 눈이 가늘어졌다.

'알고 왔군.'

그렇다면 이놈도 자신을 추적하던 무리들 중 하나라는
의미였다. 서주악은 그제야 긴장을 풀었다.

그를 쫓는 이들 중에 실제로 서주악이 두려워하는 이는
공무진 단 하나였다. 그 외의 다른 이들은 검황의 유진은
빼앗길까 싶은 두려움 때문에 굳이 그를 쫓지 않았다.

결국 공무진을 제외하고 그를 따라오는 이들은 정의감이
라는 얄팍한 허세에 불이 붙은 나방들뿐이다. 그러니 경계
할 것도 없었다.

"또 어린놈 하나가 공명심에 눈이……."

"흐흐흐흐, 서주아아아악."

"……이 미친놈이?"

"맞아?"

"뭔 말을 하는 거냐?"

"탐화서생 서주악 맞냐고, 서주악."

서주악이 짜증을 내며 입을 열었다.

"그렇다, 이 어린놈의 새끼야. 내가 서주악이다. 그래서 어쩌겠다는 거냐?"

"으하하하하하핫!"

서주악의 말이 끝나자마자 어린놈이 광소를 터뜨리더니 눈을 희번덕거렸다.

"만나고 싶었다. 진짜 만나고 싶었어! 내가 얼마나 너를 만나고 싶어 했는지 너는 상상도 못할 거다."

뭐지?

이놈이 나를 알고 있나?

서주악은 혼란스러울 수밖에 없었다.

'이상한 일은 아니지.'

지금껏 저지르고 다닌 일이 있으니 모르는 사람이 그에게 원한을 품는다고 해도 그리 이상한 것은 아니었다.

다만, 정말 이상하게 생각해야 하는 것은 그런 것이 아니라 지금 서주악의 반응이었다.

'나는 왜 저 미친놈의 짓거리를 지금까지 받아주고 있는 거지?'

서주악은 자신이 일을 벌일 때 누군가 방해를 하는 것을 가장 싫어한다. 예전의 그였다면 어린놈이 나타나는 순간

묻지도, 따지지도 않고 탐화장을 날려 죽여 버렸을 것이다.

그런데 지금 서주악은 선뜻 손을 쓰지 못하고 있었다.

'어째서지?'

마음은 벌써 열 번이고 손을 썼건만, 그의 손이 움직이지 않고 있었다.

"흐흐흐흐."

그 순간, 미친놈이 입을 열었다.

"일단⋯⋯."

으르렁대는, 짐승 같은 울부짖음이 산에 울려 퍼졌다.

"맞고 시작하자!"

*　　*　　*

"검황의 유진이라고 했는가?"

"그렇습니다."

"흐음⋯⋯."

신기수사(神技秀士) 조현(趙賢)은 침음성을 삼켰다.

"삼백 년 전에 죽은 이의 무덤이 이제야 발견이 되다니, 이 일을 어떻게 받아들여야 한단 말인가?"

군사전을 떠받들고 있는 다섯 부군사 중 하나인 제갈천기(諸葛天氣)는 조현의 안색을 살피며 숨을 죽였다.

조현을 모신 지도 꽤 오랜 세월이 지났지만, 지금처럼 고심하는 모습은 쉬이 볼 수 있는 것이 아니었다.

"녹림이 준동을 하고 있는 상황에서 갑자기 검황의 유진이 나타났다? 거기에 사천에서는 독왕의 비고가 발견되었다는 말까지 들리고 있지 않은가. 이 많은 일들이 동시에 일어나는 것을 우연이라고 봐야 할까?"

"조작의 흔적은 발견할 수 없었습니다."

"흔적이 발견되지 않았다고 해서 액면 그대로 믿을 수는 없는 일 아닌가."

"마땅히 일을 꾸밀 만한 세력이 없습니다."

조현의 눈이 가라앉았다.

"천의련은 어떤가?"

"천의련에서는 아무런 움직임이 보이지 않고 있습니다. 아시지 않습니까. 천의련은 최근에 련주가 교체되었습니다. 내부 수습만으로도 정신이 없을 것입니다."

"그렇겠지. 그래야 하는데……."

조현은 찜찜한 얼굴로 차를 들이켰다.

차향이 코끝을 자극하자 어지러웠던 머리가 조금 정리가 되는 느낌이었다.

'이상하단 말이야.'

상황은 분명 깨끗했다.

문제는 상황이 너무 깨끗하다는 것이다.

그 많은 일이 동시에 벌어지고 있다면 하나쯤은 구린 냄새가 나야 하는데, 모든 일들이 우연이라는 듯이 너무도 깨끗한 것이 마음에 걸렸다.

"예감이 좋지 않군."

안타깝게도 그의 예감은 꽤나 잘 맞아떨어지는 편이었다.

"상황은 어떤가?"

"일대의 무인들이 모두 나산으로 향하고 있습니다. 지부의 인원들을 총출동시켜 혹시 모를 충돌을 방지하고 있고, 본 맹에서도 사람을 보내기는 했으나, 혹시 자극이 가해진다면 들불처럼 타오를 가능성도 분명 있습니다."

"그렇겠지."

무(武)보다는 문(文)의 길을 택한 조현도 가슴을 일렁이고 있는데 무학에 목숨을 바친 이들이야 오죽하겠는가.

검황이라니.

'고금제일인이 아닌가.'

소림에 달마가 있고, 무당에 삼봉이 있으며, 마교에 천마가 있다고 한들 개인으로 평하자면 그 누가 감히 검황의 앞에 있다고 할 수 있겠는가.

검으로 하늘을 갈랐다고 하여 단천지검(斷天之劍)이라고까지 불리던 검황이다. 그의 무학이 후세로 이어졌다면 지금의 무림 역사는 다시 쓰여졌을 것이다.

후손에게조차 자신의 검을 전하지 않은 그가 어느 날 홀연히 사라졌기에 만검(萬劍)의 천하가 이어지지 못한 것이다.

그런데 그런 검황의 무덤이 갑자기 발견되다니, 강호 전체가 들썩이는 것도 이해할 수밖에 없었다. 그만 해도 당장 그곳으로 달려가 보고 싶은 충동을 느끼고 있지 않은가.

'하지만 이것이 잘 짜여진 계획이라면?'

누군가 일부러 이 일을 퍼뜨렸다면 그 목적이 무엇일까?

"잠깐."

조현의 안색이 딱딱하게 굳었다.

"정보, 정보는 어찌 되었는가. 개방과 하오문은 어찌 움직이고 있는가."

"……개방 말씀이십니까? 물론 개방도들도 다들 신양으로 모여들고 있습니다."

"이런."

조현이 이를 악물었다.

"혹시나 검황의 유진이 함정이라고 생각하시는 겁니까? 하지만 나산에는 함정을 팔 만한 지형이 없습니다. 게다가 이 많은 인원을 어찌……."

"쯧."

조현이 손을 내저었다.

"전설에나 나오는 기관진식 가득한 동굴이라도 나온단 말인가? 검황이 목수도 아닌데 무덤에다 그런 짓을 왜 하겠는가. 그런 것이야 말하기 좋아하는 호사가들이 지어낸

이야기일 뿐이지, 문제는 그것이 아닐세."

"그럼 무엇을 걱정하시는지요."

"공백일세."

"……예?"

"개방과 하오문이 다들 신양으로 모이고 있지 않은가. 그럼 신양과 사천을 제외한 곳의 정보원들이 줄어들고 있다는 말 아닌가!"

"아!"

"그저 검황이라는 이름을 쓴 것만으로 정보 공백을 만들어낼 수 있는 것이었어. 누가 생각한 것인지는 모르겠지만, 이건 외통수네. 방법이 없어."

"이 사실을 알리면 되는 게 아닙니까?"

"누가 믿겠는가."

"……."

"혹여나 그 말을 믿는다 하더라도 혹시나 하는 마음을 접을 수는 없네. 사람의 욕망이란 그런 거니까. 그러니 이미 일은 벌어졌다고 봐야 하네. 문제는 그 많은 정보원들을 한곳으로 몰아넣고 빈 곳에서 무엇을 하는가 하는 거겠지."

조현은 어두운 얼굴로 입을 열었다.

"큰일이 아니었으면 좋겠군. 그저 내 비약이었으면 좋을 일이야. 혹시 모르니 비연각에 동향 감시를 게을리하지 말라고 전해두게."

"예, 알겠습니다."

제갈천기가 밖으로 나가자 조현이 자리에서 일어나 창으로 걸어갔다.

'불길하군.'

예감이 좋지 못했다.

그동안 강호는 너무도 평화로웠다.

조현은 이번 일이 그 평화가 깨어질 조짐인 것 같아 마음이 무거웠다.

'난세가 오는 것인가?'

구름은 그의 질문에 대답해 주지 않았다.

* * *

상황이 매우 요상하게 돌아가기 시작했다.

이설화는 갑자기 나타난 청년에게 시선을 집중할 수밖에 없었다.

아무리 그 청년이 좀 제정신이 아닌 것 같이 보인다고는 하나 지금 그녀가 믿을 수 있는 사람은 오로지 그밖에 없던 것이다.

그가 도와줄 것이란 믿음과 그녀가 직접 겪어본 서주악의 실력에 대한 이성이 충돌을 일으켰다.

잠시 갈등하던 그녀가 결국 소리쳤다.

"도망치세요!"

서주악의 무위는 알려진 것 이상이었다. 화산의 이대 제자이자 매화검귀(梅花劍鬼) 공무진의 제자인 그녀가 제대로 검도 휘둘러 보지 못하고 당할 만큼 말이다.

지금 그의 눈에 보이는 청년은 결코 나이가 많아 보이지 않았다.

후기지수 중에서 그녀가 가장 강하다고는 할 수 없지만, 가장 강한 이라고 해도 그녀를 일 초 만에 꺾어버리지는 못할 것이다. 그렇다면 결과는 보지 않아도 뻔했다. 괜한 목숨 하나가 사라지는 것이다.

"도, 도망쳐서 사람들을 불러오세요! 어서요!"

이설화가 바닥에 떨어진 검을 잡고 힘겹게 몸을 일으켰다. 이미 그녀의 내부는 진탕된 지 오래였지만, 저 청년이 도망갈 수 있는 시간이라도 벌어야 한다.

'어쩔 수 없는 일이야.'

객기를 부렸으면 대가를 치르는 것이 맞다.

그녀의 목숨이나 청백을 지키기 위해서라면 지금 서주악이 한눈을 파는 사이에 도망을 치는 것이 맞지만, 긍지 높은 화산의 제자인 그녀는 결코 그런 파렴치한 행동을 할 수 없었다.

저 청년을 도주시키고 청백을 잃기 전에 자진을 하는 것이 그녀가 할 수 있는 최선이었다. 그나마 청년이 시선을 끌어주었기에 검을 잡아 자진할 수 있는 기회라도 얻었으니, 감사하다고 해야 할 판이었다.

그녀가 이를 악물고 검을 움켜잡는 순간.

그녀의 눈앞에 이상한 광경이 들어왔다.

청년이 기묘한 표정을 지으며 낄낄 웃더니, 순간적으로 몸을 쭈욱 늘이며 서주악의 바로 앞에 나타난 것이다.

'헉?'

그녀의 눈이 찢어질 듯 커졌다.

'이형환위?'

지금 자신이 대체 무엇을 본 것인가.

"어어?"

당황한 것은 그녀만이 아닌 듯했다. 갑자기 청년이 자신의 코앞으로 불쑥 튀어나오자 기겁을 한 서주악이 전력으로 탐화장을 전개했다.

붉은 수영이 청년의 몸을 순간적으로 뒤덮어 버린다.

"안 돼!"

이설화가 비명을 질렀다. 하지만 지금 그녀의 몸으로는 청년에게 어떠한 도움도 줄 수 없었다.

금방이라도 청년이 피 곤죽이 되어 나가떨어질 것 같았으나, 의외의 일이 벌어졌다.

시뻘건 수영들의 한가운데서 하얀 손이 불쑥 튀어나오더니, 탐화장을 전개하고 있는 서주악의 턱주가리를 그대로 갈겨 버렸다.

"까울!"

돼지 멱을 따는 듯한 비명이 울려 퍼졌다.

일격!

단 일격이었다.

하지만 그 일격의 여파는 무시무시했다.

쿵! 쿵! 쿵! 쿵! 쿵!

단 일격을 얻어맞은 서주악이 물 위로 던진 물수제비처럼 바닥을 통통 튀어 이설화가 있는 곳까지 날아와 처박혔다.

'죽었나?'

꿈틀꿈틀.

아직 죽지는 않았다는 것을 온몸으로 항변하는 서주악이었다.

하지만 아마도 곧 죽지 않을까?

"크으으윽."

서주악이 바닥을 짚은 팔을 부들부들 떨며 몸을 일으켰다.

"흐흐흐흐."

사내가 음산하게 웃으며 천천히 서주악에게로 다가왔다.

"그래야지. 아직 쓰러지면 안 되지."

사내의 눈에서 귀화가 피어올랐다.

"내 원한은 이 정도가 아니야."

아마 불구대천의 원수쯤 되는 모양이다. 그렇지 않고서야 어찌 저리 원독에 찰 수 있겠는가.

"내가…… 내가……."

사내가 입에서 불을 뿜을 듯 소리쳤다.

"내가 너 때문에!"

사내가 득달같이 서주악에게 달려들었다.

"히익?"

'내가 너를 얕봤구나' 라든가, '방심한 틈을 타서' 라든가 하는 대사를 준비하던 서주악이 자신의 바로 앞으로 들이닥치는 청년을 보고 비명을 질렀다.

"자, 잠시만!"

하지만 사내는 자비가 없었다.

빠악!

사람의 주먹이 얼굴을 쳤는데 무슨 대나무 부러뜨리는 소리가 났다.

서주악은 비명도 지르지 못하고 입을 쩌억 벌린 채 바닥으로 그대로 넘어갔다.

"흐흐흐흐."

사내가 주변을 두리번거렸다.

"이게 아니야, 이게……. 이게! 아, 찾았다."

사내가 바닥에서 무언가를 찾아내더니 주워 들었다.

'돌?'

사내가 주워 든 것은 주먹만 한 크기의 짱돌이었다.

'뭘 하려고?'

깊은 심호흡을 한 사내가 이미 반쯤 의식이 나간 것 같은 서주악을 보며 말했다.

"내가 오 년 동안 절실하게 느낀 것이 하나가 있다. 그것은 결코 당해보지 않으면 깨달을 수 없는 진리였지."

"……?"

"그건 바로 주먹보다 돌주먹이 더 아프다는 것이다."

'뭔 소리야, 그게!'

이 미친놈이 대체 무슨 짓을 하려는 건가.

서주악은 공포에 떨려고 했지만, 그럴 필요가 없었다. 사내는 서주악이 공포에 떨 시간조차 주지 않았다.

"내가 맞은 것의 천분의 일이라도 맞아봐라!"

그 순간, 사내가 손에 든 짱돌을 내려치기 시작했다.

"……."

위연호를 쫓아온 서문다연은 눈앞에서 펼쳐지는 광경에 당황할 수밖에 없었다.

"저게 뭐야?"

두 사내와 한 여인이 있었다.

한 여인은 얼이 빠진 듯 한 손에 쥔 검을 축 내리고는 멍

하니 두 사내를 바라보고 있고, 그 앞에서 위연호가 누군가의 위에 올라타서 짱돌로 무지막지하게 사람을 패고 있었다.

"돌?"

아니, 검사가 검은 안 쓰고 웬 짱돌이란 말인가.

"으아아아!"

그러거나 말거나 위연호는 짱돌을 사정없이 내려치고 있었다.

그런데 저 눈가에 반짝이는 건 뭐지?

눈물?

왜 때리는 사람이 울고 있단 말인가. 이게 무슨 사랑의 매도 아니고…….

상황은 도통 이해할 수 없지만, 그녀가 해야 할 일이 무언지는 극명했다.

"위 소협, 그만하세요! 그러다 죽겠어요!"

서문다연이 위연호에게 달려들어 그를 끌어냈다. 위연호는 끌려 나오면서도 바닥에 쓰러져 꿈틀대고 있는 사내에게 발을 뻗어 연신 그를 걷어찼다.

"죽어! 죽어!"

"지, 진정하세요."

이게 대체 뭔 일이란 말인가.

위연호가 한참을 씩씩대더니 입을 열었다.

"내가 저 인간 때문에 고생한 걸 생각하면……."

으득으득, 이를 가는 것을 보니 원한이 상당한 모양이었다.

"지금 저 인간이 탐화서생인가요?"

"네."

저게?

탐화서생 서주악은 색마이기는 하지만 미남으로도 유명했다. 애초에 그가 미남이 아니었다면 여염집 처자들을 상대하지도 못했을 것이다.

그런데 지금 바닥에 누워 있는 사람은…….

음, 미남이라 하기도 그렇고, 미남이 아니라 하기도 그랬다.

뭔 말이고 하니, 원판이 어떻게 생겼는지는 모르겠지만 찐빵처럼 부풀어 오른 지금 얼굴로는 생김새를 도무지 판별할 수가 없었다.

'사람 얼굴이 저렇게까지 커질 수가 있구나.'

얼마나 얼굴을 집중적으로 팼는지 부어터지다 못해 불어터진 모양새였다.

"타, 탐화서생인 모양이네요."

위연호가 서주악을 가만히 노려보다가 몸을 부들부들 떨었다.

"아직 천분의 일도 다 못 팼는데."

"더 패면 죽어요……."

"쟤는 죽어도 되지 않아요?"

"……."

심정적으로는 매우 동의하는 바였다. 수많은 여인들의 신세를 망친 색마 놈이니 당연히 죽는 것이 낫다.

'말리지 말 걸 그랬나?'

조금 성급했다는 생각이 들었지만, 한 번 말렸는데 다시 패라고 부추기기도 민망했다.

"일단 정무맹으로 압송하도록 하죠. 죽이고 말고는 거기서 결정할 테니까요."

"흠……."

위연호는 뭔가 마음에 안 든다는 눈치였지만, 여기서 다시 기분을 내서 패기는 어정쩡하다고 생각했는지 별말을 더 하지는 않았다.

"그래요, 그럼."

상황이 어느 정도 정리되고 나자 그제야 이설화가 눈에 들어온 위연호였다.

"괜찮아요?"

"예? 아, 예!"

이설화가 고개를 숙이려다 그 자리에 주저앉았다.

이미 부상을 입은 그녀였다. 억지로 몸을 일으키기는 했지만, 긴장이 풀림과 동시에 몸에서 힘이 빠졌다.

"쿨럭."

그녀가 다시금 입으로 피를 토해내자 위연호가 혀를 차며 그녀에게로 다가갔다.

"쯧쯧."

위연호가 그녀의 손목을 움켜잡았다.

"괜찮……."

"가만히 있어봐요. 괜찮기는 뭐가 괜찮다고. 지금 안정시켜 두지 않으면 평생 문제가 될 수도 있어요."

이설화가 당황한 얼굴로 위연호를 올려다보았다.

방금 전에 무식하게 사람을 짱돌로 내려치던 사람이라기에는 너무도 부드러운 목소리였다.

'광인이 아니었나?'

그녀가 본 위연호는 광인이라 불려도 하등 이상할 것이 없는 사내였다.

"흐음……."

위연호가 가만히 그녀의 손목을 잡더니 피식 웃었다.

"안 되겠네."

"네?"

"역시 이쪽은 전문이 아니라서."

진소아의 흉내를 내기는 했지만, 의원이 아닌 그가 맥문을 잡는다고 뭘 알겠는가.

"저, 치료를 하기는 해야겠는데요."

"……네?"

"뭐라고 할까, 저는 의원이 아니라서 맥문을 잡아서는 어떻게 할 수가 없거든요?"

"네."

"그럼 단전에 손을 대야 하는데……."

그녀의 눈썹이 파르르 떨렸다.

단전이라니.

어디 처녀의 아랫배에 손을 대겠다는 말을 한단 말인가. 당장에라도 소리를 지르려고 하는데 위연호가 선수를 쳤다.

"민감한 문제이니 본인이 정하세요."

"……."

차라리 강제로라도 치료를 해야겠다고 나오면 파렴치한 이라고 뺨이라도 갈기겠지만, 이런 식으로 뒤로 훌쩍 물러나 버리니 대응이 애매해졌다.

거기에 서문다연이 슬슬 불을 붙였다.

"치료를 안 하면 어떻게 되나요?"

"나는 잘 몰라요. 제가 보기에는 지금 단전 주변이 뒤틀린 것 같은데, 조금 있으면 울혈과 내기가 뭉쳐서 여기저기 대맥이 막힐 거예요."

"그게 무슨 소리예요?"

"기가 통하는 통로가 막힌다는 거죠."

"그럼 어떻게 되는 거예요?"

"음, 일반인이면 불구가 되거나……."

움찔.

이설화의 몸이 들썩였다.

"앉은뱅이가 되겠지만……."

움찔.

"그래도 무인이니 그 정도까지야 가겠어요?"

이설화가 안심하고는 한숨을 내쉬었다.

"그냥 상승 무학을 익힐 수 없게 되는 거죠. 검 놓고 여염집 처자로 살려면 그것도 나쁘지 않아요."

다시금 이설화의 동공이 지진을 일으켰다.

여염집 처자라니.

다섯 살에 처음 화산에 오른 이후로 십오 년에 가까운 시간 동안 검만 바라보고 살아온 그녀였다. 그런데 이제 와 여염집 처자라니. 그게 무슨 소린가.

"다른 방법은 없구요?"

"좋은 의원을 만나면 나중에 막힌 혈도를 뚫을 수도 있을 테니까, 가능성이 없는 건 아니겠죠."

휴우…….

이설화가 다시금 한숨을 내쉬었다.

"명의만 만나면 된다는 거죠? 어느 수준의 명의여야 하는 건가요?"

"뭐, 화타나 편작? 그런 의원?"

"……죽었잖아요."

"응. 내 말이요."

이설화는 숨이 가빠오는 것을 느꼈다.

저 둘은 대체 뭐하는 인간들인데 사람을 앞에다 두고 저렇게 만담을 하고 있단 말인가. 그것도 사람이 불구가 되니마니로.

이러다가는 내상이 아니라 울화병으로 먼저 죽을 수도 있을 것 같았다.

"쿨럭!"

이설화가 다시 피를 토하자 서문다연이 깜짝 놀라서 말했다.

"괜찮아요?"

이설화가 고개를 끄덕였지만, 서문다연이 보기에 그녀의 얼굴은 너무 과도하게 창백했다.

"빨리 치료부터 해야 하는 것 아니에요? 왜 보고만 계세요?"

"안 돼요."

"왜요?"

"요즘 세상이 얼마나 무서운 세상인데요. 괜히 허락도 없이 손댔다가 색마로 몰려서 돌팔매질당하기 딱 좋아요."

"……."

위연호는 정말 안 된다는 듯 단호히 고개를 저었다.

"사부가 말씀하시기를, 세상에서 가장 무서운 것이 여자요, 두 번째로 무서운 것이 여자요, 세 번째로 무서운 것이 여자라고 하셨어요."

'그래서 나를 그리 노비처럼 부리셨나요?'

뭔가 말과 행동이 맞지 않는 것 같지만, 위연호는 정말로 억지로 치료할 생각이 없는 것 같았다. 확고부동한 그의 태도에 애가 닳은 것은 되레 서문다연이었다.

"그래서 이대로 불구가 되게 내버려 두자는 거예요?"

"내가 어쩔 수 있는 게 아니잖아요."

"그래도……."

생각해 보니 이건 강요할 일이 아니었다. 괜히 위연호가 손을 댔다가 잘못되기라도 한다면 그 책임을 누가 지겠는가.

특히나 괜히 청백지신에 손을 댔다가 말이라도 나오면 위연호에게도, 지금 누워 있는 저 여인에게도 좋을 것이 없었다.

"칼밥 먹고 사는 사람은 언제든 자신의 목숨을 내놓을 각오를 해야 하는 것이죠. 검을 잡은 그 순간부터 내가 죽을 수도 있다는 생각을 하지 않는다면 검을 잡을 자격이 없어요."

답지 않게 위연호가 무거운 말을 하자 서문다연이 고개를 끄덕였다.

누구도 그들에게 무인으로 살라고 강요하지 않았다.

목숨을 걸고 무인으로 살겠다고 다짐한 것은 그들 자신이다. 그렇다면 그녀도 이 일을 감내해야 하는 것이다.

"뭐, 나는 그래서 방구석에나 박혀서 살고 싶은 거지만."

서문다연이 한심하다는 눈으로 위연호를 바라보았다. 하지만 이설화의 귀에는 그게 다르게 들린 모양이었다.

여인네가 방구석에나 박혀 있으면 이런 일을 당할 것도 없었을 텐데 뭐하러 칼 잡고 강호로 나왔냐는 말쯤으로 해석한 이설화가 이를 악물었다.

"치료…… 해주세요."

"네?"

"치료를 해주실 수 있다면 치료해 주시면 감사하겠습……니다."

이설화의 입장에서는 정말 큰 각오를 내리고 한 말이었다. 아무리 무공이 폐지될 위험에 처했다고 하나 청백지신인 그녀가 남자에게 몸을 내맡긴다는 것은 보통의 각오로는 불가능한 일이었다.

하지만 위연호는 영 탐탁지 않다는 듯 인상을 썼다.

그러고는 서문다연을 돌아보았다.

"증인."

"네?"

"잘 보고, 잘 듣고, 본 그대로 증언하세요."

"네?"

위연호가 천천히 이설화에게로 다가가 그 앞에 몸을 숙이더니 말했다.

"이번 일은 본인이 원하신 거예요. 맞죠?"

"……네."

"불가피하게 몸에 손을 대겠지만, 그걸로 관청에 신고를 하신다거나 하지는 않으시겠죠?"

"……네."

"그리고 화산에서 책임을 지라고 한다거나 본인을 책임지라고 따지시면 안 됩니다. 저는 그저 순수하게 치료만 할 뿐이고, 이 모든 사태에 대한 책임은 본인이……."

"에라이, 이 화상아!"

서문다연이 참지 못하고 결국 들고 있던 짐을 위연호에게로 집어 던졌다.

"아, 왜!"

위연호가 버럭 역정을 냈다.

"그게 지금 아픈 사람한테 할 말이에요?"

"그러다 내가 코 꿰면 누가 책임을 져주나!"

"제가 이거 다 봐났다가 위정한 대협에게 다 이를 거예요."

"어차피 우리 아버지는 날 포기했어요."

사실 포기한 것은 아니지만, 그저 제 발로 걸어서 움직이기만 하면 크게 바랄 사람은 아니었다. 광동위가의 미래는 그가 아니라 그의 형에게 달려 있는 것이다.

"어서 치료해 주세요. 안색이 너무 안 좋아요."

"흠……."

위연호가 보기에도 상황이 영 좋지 않았다. 시간이 지날수록 이설화의 얼굴이 검게 물들어가고 있는 것이다.

"저기로 좀 가요."

"네?"

"잠시만."

서문다연이 고개를 끄덕이더니, 기절해 있는 서주악의 다리를 질질 끌고 둘에게서 멀어졌다.

'요즘 자꾸 기절한 사람을 끌고 다니는 것 같은데…….'

기절시키는 사람이 같은 이라는 것도 특이한 부분이었다.

서문다연이 거리를 벌리자 위연호가 헛기침을 하고는 말했다.

"시작할게요."

지금까지의 장난스러움은 이미 사라진 뒤였다.

'잘될까 모르겠네.'

백무한은 위연호에게 모든 것을 가르쳤다.

독에 대처하는 법에서부터 응급 상황에 응급처치를 하는 법까지. 험난한 강호에서 살아남기 위해서는 그저 무공만 높다고 되는 것이 아니라는 말을 귀에 못이 박히도록 들었다.

내상을 당하도록 사람을 박살 내놓고는 자체로 고치게
만들 정도였다.

'망할 영감탱이.'

그때의 기억을 떠올리자 또 울화가 치민다.

하지만 덕분에 적어도 내상에 관해서는 전문가나 다름없
는 경지에 오른 위연호였다. 외상 쪽으로는 전혀 아는 게
없지만.

위연호가 천천히 이설화의 아랫배를 향해 손을 가져갔다.
이설화의 눈썹이 파르르 떨렸다. 결심을 하기는 했지만, 그
래도 이 상황이 떨리지 않는 것은 아니었다.

아랫배에 선명하게 와 닿는 손길의 느낌에 이설화의 몸
이 부르르 떨린다.

하지만 그건 순간이었다.

순간, 말할 수 없이 뜨거운 기운이 이설화의 아랫배로 파
고들기 시작했다.

마치 단전이 통째로 녹아버리는 것 같은 충격에 전신이
떨려온다.

"아아⋯⋯."

이설화가 입을 벌리고 신음하기 시작했다.

"말하지 마요. 기운 빠져나가니까."

위연호의 말에 그녀가 입술을 꼭 닫았다. 이마에 땀이 송

골송골 배어 나온다. 고통 이전에 뭐라고 말할 수 없는 기이한 감각을 버티는 것이 힘들었다.

"됐어요."

실제로는 얼마 안 되는 짧은 순간이겠지만, 순간적으로 넋이 빠질 만큼 강렬한 충격이었다.

이설화는 꼭 감았던 눈을 슬며시 떴다.

달빛 아래에서 위연호가 그녀를 보며 씨익 웃고 있었다.

"이제 조리만 잘하면 큰 문제는 없을 거예요."

"……고맙습니다, 소협."

"별말씀을."

위연호가 흐물거리며 웃는 듯하더니, 몸을 돌려 서주악에게로 향했다.

"이제 슬슬 깰 때가 되었을 텐데?"

서주악의 몸이 움찔했다.

"호오?"

위연호가 그 광경을 보며 능글맞게 웃었다.

"그럼 다시 맞아야지."

난데없는 야산에 비명 소리가 메아리쳤다.

이설화는 세 사람을 따라가며 가만히 그들을 관찰했다. 원래라면 치료를 해준 시점에서 헤어져야겠지만, 아직 몸도 온전치 않은 사람을 야산에 방치할 수 없다는 서문다연의 주장 때문에 이설화는 그들을 따라가게 되었다.

가까운 곳에 거처를 마련해 두었으니 해라도 뜨고 나면 하산하라는 말이 일리가 있다고 생각했기 때문이다.

치료야 했다지만 내상을 입은 그녀는 호랑이라도 한 마리 나온다면 꼼짝없이 몸으로 호랑이의 허기를 달래주어야 할 것이다.

그래서 따라 나온 길이기는 한데…….

'대체 저 사람은 뭐지?'

이설화의 눈은 위연호의 등에 고정되어 있었다.

"카악!"

"죽어요! 죽는다구요!"

거처로 향하는 와중에도 중간중간 위연호는 분을 이기지 못하겠다는 얼굴로 탐화서생을 걷어찼다.

물론 탐화서생 서주악이야 백번을 죽여도 분이 풀리지 않을 만큼 사악한 짓거리를 저지른 죄인이기는 하지만.

'이상하게 불쌍해.'

사람이 저만큼 얻어맞는 것을 보니 저 색마 놈이 불쌍해 보일 지경에 이르고 말았다.

'서주악을 단번에 제압하는 실력이라니.'

서주악이 어느 정도의 무위를 가지고 있는지는 이미 그녀가 몸으로 겪어 알고 있었다. 그녀가 아무리 화산의 이대 제자 중 말석이나 다름없다고는 하나 명색이 이대 제자.

또래에는 상대가 없을 정도라고 생각했건만, 탐화서생은 그런 그녀를 일격에 제압했다.

색마치고는 본디 무위가 높다고 알려진 서주악이지만, 알려진 것 이상으로 강했다는 뜻이다. 그런데 그런 서주악을 고양이가 쥐 잡듯이 잡아버린 저 청년은 대체 얼마나 강하다는 것인가.

그리고…….

"으아아! 열 받는다!"

"그만 좀 때리라구요!"

'얼마나 집요한 거지?'

저 정도면 좀 놔뒀다가 나중에 때려도 되겠건만, 중간중간 화를 참지 못하고 짱돌을 주워 던져 대는 위연호였다.

그리고 저 남자는 아까부터 왜 자꾸 돌에 집착하는가.

"돌주먹이 얼마나 아픈 줄 알아?"

이상한 말도 하고 말이다.

'독특해.'

확실히 독특한 사람이었다.

"그런데 대체 무슨 원한이 있는 거예요?"

서문다연이 조심스레 물었다.

"으으……."

위연호가 몸을 떨자 사람들의 얼굴이 어두워졌다. 사실 색마와 얽혀 원한을 가질 일이야 빤하지 않은가.

"악마를 만났지."

"네?"

"저놈 때문에 악마를 만났다고요."

"……뭔 소리여?"

서문다연이 혼란에 빠졌다.

"혹시 욕을 본 누이가 있다든가……."

"난 동생밖에 없어요. 이제 나이가 몇이려나?"

"그럼 연인이?"

"동굴에서 오 년을 썩었는데, 여자가 어디 있겠어요."

그럼 왜 그러는 거야?

사람들이 멍한 눈으로 위연호를 바라보았다. 위연호와 서주악의 뿌리 깊은 악연은 도무지 다른 사람들이 이해할 수 없는 문제였다.

"에휴……."

위연호가 고개를 설레설레 저었다.

설명을 하자니 길고, 설명한다고 해도 믿을 것 같지도 않았다. 귀신을 만나서 무공을 배웠다고 하면 다들 그를 미친 놈으로 몰아갈 것이다.

"저기네."

마차에 일행이 도착하자 불을 쬐고 있는 이들이 놀라서 그들을 바라보았다.

"저, 정말 잡아오신 겁니까?"

그들의 시선이 질질 끌려오는 서주악에게로 향했다.

"서, 서주악?"

얼굴은 아무리 봐도 알아볼 수 없었다. 헌앙하게 잘생겼던 서주악의 얼굴이 잘 부푼 만두처럼 되어 있으니, 아무리 눈을 크게 떠도 식별할 수 없는 것이 당연했다.

하지만 복색은 분명 그들이 아는 서주악이었다.

서문다연이 마차에서 줄을 꺼내 서주악을 묶었다. 이미 위연호가 짱돌로 단전을 짓이겨 놓은 상태이기에 도주의 위험은 없었다.

"그 서주악이 이리 허망하게 잡히다니."

사내들이 믿을 수 없다는 얼굴로 서주악을 바라보았다.

"이!"

세 사내 중 하나가 칼을 들고 자리에서 일어났다. 금방이라도 칼로 서주악을 난자해 버릴 듯한 얼굴로 다가가는 이를 다른 두 사람이 말렸다.

"진정하게. 자네가 잡은 것이 아니지 않은가!"

"하나!"

"진정하게. 이게 무슨 무례인가?"

서문다연이 울분에 찬 얼굴을 한 이를 보고 물었다.

"왜 그러시죠?"

좌양이 안타깝다는 얼굴로 사내를 바라보았다.

"이 녀석의 연인이……."

"……."

그 말만으로도 무슨 일이 있었는지 다들 짐작할 수 있었다. 이설화는 잠시나마 서주악에게 동정심을 가졌던 자신이 얼마나 어리석었는지 깨달을 수 있었다.

"그래요?"

하지만 위연호는 태연했다.

"그럼 죽이지그래요?"

"네?"

"분이 안 풀린다면 그것도 방법이죠. 사실 저놈이야 누가 죽이더라도 괜찮지 않나요?"

'뭐지, 이 남자?'

이설화는 이상한 위화감을 느꼈다.

그게 사실이기는 하지만, 저런 말을 다른 사람들 앞에서 대놓고 한다는 것은 꺼려질 수밖에 없는 일이다.

하지만 위연호는 마치 저녁 식사로 뭘 먹을지 이야기하는 것처럼 자연스럽게 말하고 있었다.

"어때요?"

사내가 망설이는 얼굴로 서주악을 바라보고 있었다.

입술을 질끈 깨문 사내가 고개를 저었다.

"죽이지 않겠소."

"흠."

위연호가 의외라는 듯 바라보자 사내는 이를 뿌득, 갈

았다.

"지금 죽이는 건 저자에게는 너무 편안한 죽음이 될 것이오."

"동의해요."

위연호가 씨익 웃었다.

"좀 더 겪고, 좀 더 후회해야죠."

'그러는 김에 나의 원한도'라는 말이 얼핏 들린 것 같지만, 서문다연은 애써 그 말을 무시했다.

"새벽이네요. 졸려요."

위연호가 터덜터덜 걸어 마차로 향하기 시작하자 서문다연이 앞을 막아섰다.

"응?"

"안 돼요."

"왜요?"

"환자를 노숙시킬 생각은 아니시죠?"

"안 죽어요, 안 죽어."

"위 소협, 이건 최소한의 협의예요. 광동위가의 이름에 먹칠을 하실 생각은 아니시겠죠?"

"괜찮은데요?"

"네?"

위연호가 씨익 웃고는 말했다.

"사실 우리 가족은 저한테 별로 기대가 없어서 제가 먹칠을 하고 다녀도 아무렇지도 않게 생각할 거예요. 괜찮아요, 괜찮아."

"……."

"자자, 그러니까……."

위연호가 서문다연을 슥, 밀어내고는 마차 안으로 향했다.

"소협!"

서문다연이 뭔가 말을 하려고 하는데, 이설화가 그녀의 소매를 잡았다. 고개를 돌리니 이설화가 말없이 고개를 저었다.

"괜찮으시겠어요?"

"이미 많은 도움을 받았습니다. 그런 와중에 은인의 잠자리까지 뺏는다면 사람들이 저를 염치없다고 욕할 것입니다. 저는 괜찮으니, 은인께서 편히 주무실 수 있도록 해주세요."

"……예."

본인이 한데서 잠을 잘 때는 불만을 전혀 표하지 않던 서문다연이다. 하지만 부상자를 보자마자 위연호에게 잠자리를 요구하는 것을 보면 나름 협의가 있다고 할 수 있었다.

위연호에게는 통하지 않아서 문제지만.

드르렁.

위연호가 마차 안으로 들어간 지 얼마 되지도 않았건만,

금세 코 고는 소리가 들려왔다.

"진짜 대단하다."

어떻게 저렇게 머리만 바닥에 대면 잠을 자는 것일까?

"마차 위보다는 불가가 나을 거예요. 제가 잠자리를 봐 드릴게요."

"그런 폐를 끼칠 수는 없습니다."

"환자시잖아요. 부담되더라도 지금은 쉬시는 게 나아요. 정 폐를 끼친다고 생각하시면, 나중에 제게 한 번 도움을 주시면 되잖아요."

빙그레 웃으며 말하는 서문다연을 보며 이설화는 마주 웃을 수밖에 없었다.

'세상에는 좋은 사람들이 많구나.'

강호에 나오기를 잘한 것 같았다. 위험은 겪었지만, 덕분에 좋은 사람들을 만날 수 있었으니까.

"감사해요."

"별말씀을."

서문다연이 마차에서 꺼낸 짚을 바닥에 깔고 그 위로 담요를 덮었다. 그럴듯한 간이 침상이 마련되자 서문다연이 이설화를 끌어 침상 위에 앉혔다.

"해가 뜨기 전에는 움직일 수 없으니, 일단 좀 쉬세요. 해가 뜨면 마을 아래로 모셔 드릴게요."

"그런 폐를……."

"끼칠 수 없다구요? 소저는 그 말이 버릇인가 보네요. 제가 폐라고 생각하지 않으니 걱정 마세요."

이설화는 얌전히 서문다연이 덮어주는 이불을 덮고는 자리에 누웠다.

'이상한 날이네.'

오늘은 정말 파란만장했다.

이설화의 시선이 천천히 마차를 향해 돌아갔다.

마차를 가만히 바라보던 그녀가 얼굴을 붉히더니, 이불을 머리까지 뒤집어썼다.

아침 이슬이 내려앉았다.

"끄응."

서문다연은 잠자리에서 일어나 기지개를 켰다.

"삭신이……."

이래서 노숙은 할 것이 아니었다. 불을 피워두기는 했지만 찬 기운이 온몸으로 파고들어 그런지, 몸이 무척 무거운 느낌이었다.

'괜찮으려나?'

그러니 자연 걱정이 되는 것은 이설화의 상세였다.

멀쩡한 상태인 그녀도 이렇게 몸이 무거운데, 부상을 입었던 이설화는 오죽하겠는가.

서문다연은 몸을 일으켜 이설화에게로 걸어갔다.

"소저."

"……네."

이설화가 이불을 내리더니 얼굴을 빼꼼 내밀었다.

'귀여운데?'

표정이 조금 무표정해서 몰랐는데, 해가 뜨고 보니 무척이나 귀여운 얼굴이었다. 이런 사람이 그 무섭다는 검귀 공무진의 제자라는 것이 믿기지 않을 정도였다.

하지만 잠자리가 편하지 않았는지 그녀의 눈은 토끼처럼 붉게 물들어 있었다.

"잠자리가 불편했죠?"

"아, 아니에요. 편했어요."

"잠을 못 잔 것 같은데요?"

"……잠자리 때문이 아니에요."

"네?"

이설화는 거기까지 말하고는 다시 얼굴을 붉히더니 이불을 덮어버렸다.

"일어나야죠?"

"네. 지금 일어날게요."

이설화가 이불째로 몸을 일으키자 서문다연이 빙그레 웃었다.

그러고 보니 어린 티가 난다.

"몸은 괜찮으세요?"

"네, 괜찮아요."

"그래도 심한 부상을 당했는데."

대답은 이설화가 아닌 다른 곳에서 들려왔다.

"그 정도 부상으로 엄살을 부려서야 내 제자 자격이 없지."

서문다연이 황급하게 뒤로 돌아섰다.

'누구?'

인기척을 전혀 느끼지 못했는데 뒤를 잡혔다. 뒤를 잡은 이가 마음만 먹었다면 그녀는 목이 떨어질 때까지도 누군가가 있다는 것을 알아채지 못했다는 뜻 아닌가.

그녀의 시선이 닿은 곳에는 청수한 인상의 중년인이 서서 빙그레 웃고 있었다.

"그렇지 않으냐?"

"그렇습니다."

이설화의 얼굴이 딱딱하게 굳더니 자리에서 벌떡 일어났다.

"아직 몸이……."

서문다연이 그녀를 만류하려고 했지만, 그녀는 서문다연의 말을 듣지 않고 중년인에게 고개를 숙였다.

"스승님을 뵙습니다."

"간밤에 고생을 한 모양이구나."

서문다연의 눈이 흔들렸다.

'그럼 이 사람이…….'

이설화의 말대로라면 지금 그녀의 눈앞에 있는 사람이 매화검귀 공무진이라는 뜻이었다.

화산이 낳은 불세출의 검수.

후대의 천하제일검 자리를 노리는 화산의 비수(匕首).

그녀의 몸이 떨려왔다.

공무진은 검귀라는 이름에 걸맞게 냉혹한 성정으로 유명했다. 그의 검을 모독했다는 이유로 십여 명을 동시에 베어낸 일화는 지금까지도 회자가 되고 있지 않은가.

"선배님을 뵙습니다."

"소저는 누구인가?"

"저는 서문가의 서문다연이라 합니다."

"서문다연이라……. 서문천세와는 어떤 관계인가?"

"제 아버님이십니다."

"그렇군. 그럼 소저가 서문천세의 딸이로군. 이만큼이나 어여쁜 딸이 있으니 그 친구가 강호로 나서지 않고 집에만 박혀 있는 것이었군."

서문다연이 얼굴을 붉혔다.

"우리 모자란 제자를 구해준 것이 소저인가?"

"아, 아닙니다."

"그래?"

공무진이 가라앉은 눈으로 이설화를 바라보고는 입을 열

었다.

"그렇다면 무슨 일이 있었는지 들어볼까?"

*　　*　　*

"찾았다!"

문을 벌컥 열고 들어오는 거지꼴을 한…… 아니, 문을 열고 들어오는 거지를 보며 위산호는 눈살을 찌푸렸다.

"경거망동하지 않을 수 없나?"

"연호를 찾았다고!"

그 순간, 위산호의 몸이 쭉 늘어나더니 장일의 멱살을 움켜잡았다.

"어디냐?"

고작 이딴 일 때문에 이형환위 쓰지 말라고!

아니, 이 나이에 이형환위라니, 대체 위가 놈들을 뭘 먹고 자라는 것인가.

젖 대신에 만년설삼이라도 처먹나?

장일이 뭔가 대답을 하려는 순간, 문짝이 부서질 듯 다시 열렸다.

"연호?"

"연호라고?"

위정한과 한상아가 문을 거의 부숴놓으며 안으로 들어

왔다.

'……내가 앞으로 위가랑은 상종을 말아야지.'

진즉에 작심한 일이건만, 뭔 복을 누리겠다고 이들과 함께 이곳에 얽혀 있단 말인가.

"신양의 거지들이 위연호와 비슷한 인상의 사내를 보았답니다."

"신양?"

위정한과 한상아는 당장 짐을 쌀 기세였지만, 위산호는 나름 침착했다.

"혼자라더냐?"

"어떤 여자와 함께 있다던데……."

"여자?"

그 순간, 밖에서 들려온 목소리에 장일은 몸을 부르르 떨었다.

'저 아줌마 왜 저래?'

여자라는 말이 들리자 귀낭낭이 흥미를 보이고 있었다.

"정보를 좀 더 들을 수 있으면 좋겠군요."

"……귀 문과는 정보 교환을 하지 않는 것이 원칙입니다만?"

"그래서 말을 못하겠다는 건가요?"

"원칙은 깨어지라고 있는 거죠."

장일은 서글펐다.

그는 개방의 소걸개다. 어디를 가도 대접을 받을 수 있는 처지라는 말이다. 굳이 구걸을 할 것도 없이 적당한 문파만 돌면서 밥을 얻어먹어도 십 년은 먹고살 걱정이 없는 것이 소걸개라는 위치가 아니던가.

하지만 이 인간들은 개방의 소걸개를 무슨 지나가는 똥개 보듯이 하고 있었다.

아니, 차라리 똥개가 낫지. 똥개에게 정보를 물어오라고 하지는 않으니까.

"일단 신양으로 출발하자."

위정한이 당장 움직일 기세였으나, 그때 문밖에서 두 사람이 안으로 들어왔다.

"무슨 일이십니까?"

"아, 장주."

위정한이 반색하며 진소아를 바라보았다. 어린 나이에 이런 큰 곳의 장주를 맡아 이끌어 나가고 있다는 것을 안 위정한은 진소아를 무척이나 좋게 보았다.

그의 자식 놈은 진소아보다 나이도 많은데도 아직 사람 꼴이 아닌데, 부모도 없이 이리 훌륭하게 자라고 있는 동량을 보니 기꺼운 것이 당연했다.

"연호의 흔적을 발견했다고 하는구려."

"연호 형님 말입니까? 어디에 계신답니까?"

자신보다 되레 더 흥분한 것 같은 진소아를 보며 위정한은 푸근하게 웃을 수밖에 없었다.

'이놈이 사람 복은 있는 모양이구나.'

제 밥벌이나 하면 다행인 놈이라고 생각했는데, 이만한 인재들이 위연호를 찾는 것을 보면 나름 인복은 있는 놈이었다. 그 사실이 위정한을 흐뭇하게 만들고 있었다.

"신양 쪽에서 발견되었다는구나."

"아, 신양!"

진소아는 당장에라도 밖으로 뛰쳐나갈 기세였지만, 그의 소매를 잡는 손이 있었다.

"손님들을 앞에 두고 이게 무슨 무례냐."

"……죄송합니다."

'응?'

위정한이 살짝 놀란 눈으로 진소아를 나무라는 여인을 바라보았다.

진소아보다는 살짝 나이가 있어 보이는 여인이 그들을 보며 깊이 고개를 숙였다.

"은공의 가족분들을 뵈옵니다. 저는 성수장의 장녀인 진예란이라고 합니다."

"만나서 반갑소이다."

성수장의 장녀라…….

무릇 장녀라 하면 진소아와 함께 성수장을 이끌어 나아가야 할 터이건만 복색과 지금까지 얼굴을 보이지 않은 것을 감안할 때, 성수장에 머무르지는 않는 모양이었다.

'무슨 사정이 있겠지.'

위정한은 그 부분까지 깊게 파고들지는 않았다. 남의 가정사를 묻는 것만 한 무례가 없지 않은가.

"그런데 은공이라니요?"

"위연호 공자님께서 저를 한 번 구해주셨습니다. 아니, 한 번이라고 할 수 없지요. 제가 받은 은혜가 하해와 같아 말로 표현하기가 어렵습니다."

번쩍!

그 순간, 위정한의 옆에서 살인적인 안광이 뿜어졌다.

"헐."

한상아가 먹이를 노리는 매의 눈빛으로 진예란을 바라보고 있었다.

'또 시작이구만.'

한상아의 위연호 신붓감 찾기가 시작된 것이다.

'그런데…….'

나쁘지 않다. 아니, 나쁘지 않은 정도가 아니라 너무 과분한 게 아닌가 싶은 생각이 들 정도였다. 그만큼이나 진예란의 미모는 뛰어났다.

새하얀 얼굴과 뚜렷한 이목구비를 보고 있자니, 지금까지 이런 미인을 본 적이 있는가 의심이 될 정도였다.

"지금 뭘 보는 거죠?"

"……우주를 보고 있었소."

"지옥을 보고 싶지 않으면 저리 비키세요."

"예."

위정한을 구석으로 처박아 버린 한상아가 진예란을 보며
물었다.

"그래, 무슨 일인가요?"

"마님께서 몸이 좋지 않다고 하셔서 진료를 보기 위해
왔습니다. 은공의 자당이시니 부디 제가 조금이라도 은혜를
갚을 수 있도록 해주세요."

"그래, 그렇군요. 그래서 나이가 몇인가요?"

"네?"

"혼처는 있고?"

"네?"

"우리 연호를 어떻게 생각하나요?"

"……네?"

어머니의 집착은 무서웠다.

*   *   *

"흐음……."

모든 이야기를 듣고 난 공무진이 고개를 돌려 마차를 바
라보았다.

'약관도 되지 않은 나이에 설화가 일격도 감당하지 못한 상대를 쥐 잡듯이 잡았다고?'

웬만해서는 믿을 수 없는 이야기였다.

하지만 마차 지붕에 퉁퉁 불어 터진 호박 같은 얼굴이 되어 있는 서주악을 보고 있자니 믿지 않을 수도 없는 이야기였다.

'일격이라…….'

매우 재미있는 이야기였다.

"좋은 경험을 했구나."

"예."

이설화가 굳은 얼굴로 고개를 숙였다.

"방심했느냐?"

"아닙니다."

"방심하지도 않았는데 적의 일초를 감당하지 못하다니, 색마 놈의 무위가 내 예상 이상이었던 모양이구나. 몸은 좀 어떠냐?"

"……괜찮습니다."

"치료가 잘된 모양이구나."

가만히 이설화의 몸을 살핀 공무진이 고개를 끄덕였다.

"과연."

점점 더 흥미가 생겼다.

내상을 당한 이를 치료한다는 것은 쉽지 않은 일이었다.

내기가 뒤틀려 있는 것을 보아서는 보통 심한 상처가 아니었던 것 같은데, 이미 깔끔하게 정리가 되어 있다. 뒤틀린 내기는 이대로 정양을 하면 얼마 지나지 않아 회복할 것이다.

'재미있군.'

말을 들어보자면 아이인 것 같은데, 이만한 수완을 발휘한다?

어떤 녀석인지 얼굴이 궁금해지기 시작했다.

"좋은 경험을 했으면 그걸로 좋은 것이다."

"예, 스승님."

"하지만 네가 화산의 이름을 더럽혔다는 것 역시 사실이지."

"……."

공무진의 눈빛이 차가워졌다.

"너의 강호행은 여기까지로 한다. 화산으로 돌아가는 대로 참회동으로 가 일 년 동안 폐관하거라."

"……말씀 받들겠습니다."

서문다연의 눈이 커졌다.

누가 봐도 불가항력이나 마찬가지인 상황이 아니었는가. 그런데 그 상황을 겪었다고 해서 폐관이라니. 너무 가혹한 처사가 아닐 수 없었다.

하지만 명을 내리는 공무진이나, 그 명을 듣는 이설화나 모두 전혀 이상하다는 자각이 없는 모양이었다.

"상대가 강했다는 것은 변명이 되지 않는다. 상대가 강했다 하더라도 최선을 다해 싸웠어야지. 차라리 저 색마의 손에 죽었더라면 너를 칭찬해 줄 수 있겠으나, 색마에게 당하고 다른 이의 도움으로 목숨을 부지한 것은 용납할 수 없는 일이다."

"……알고 있습니다."

"네가 내 제자가 아니었다면 용서할 수 있겠으나, 내 제자가 그런 꼴을 보인 것은 용서할 수 없는 일이다. 산을 내려가서 화산으로 복귀하거라."

"예."

서문다연이 몸을 부르르 떨었다.

명문의 엄정한 규율이라 하기에도 너무 가혹한 처사였다.

"그건 그렇고……."

공무진이 흥미롭다는 얼굴로 마차를 돌아보더니, 그쪽으로 걸음을 옮기기 시작했다.

"어디, 귀여운 내 제자를 구해주신 은인의 얼굴을 한 번 볼까?"

공무진이 위연호가 자고 있는 마차 문을 두드렸다.

"기침하셨는가?"

"……."

"기침하셨는가."

"아! 아침부터 진짜!"

짜증이 잔뜩 섞인 목소리가 튀어나오자 공무진의 얼굴이 미묘하게 굳었다.

이어 문이 벌컥 열리더니, 위연호가 고개를 빼꼼 내밀었다.

"왜요?"

'왜요' 라니?

이놈은 존장에 대한 예의도 없는 것인가?

그리고 왜 '왜요' 가 나온다는 말인가. 눈을 떴는데 모르는 사람이 있으면 일단은 '누구세요' 가 나오는 게 맞을 텐데, 다짜고짜 '왜요' 라니.

순간적으로 화가 치밀어 오른 공무진이지만, 울화를 억눌렀다. 지금은 화를 낼 때가 아니었다.

"자네가 내 제자를 구해줬다고 들었네."

"제자요?"

위연호가 고개를 갸웃했다.

"제가요?"

"……그렇네."

"누가 그러죠?"

이놈은 까마귀 고기를 삶아 먹었나?

어젯밤에 벌어진 일이라는데 당사자가 기억을 못하면 어쩌라는 말인가. 그의 제자가 그에게 거짓말을 할 리도 없을 텐데 말이다.

"……내 제자의 이름은 이설화라고 하네. 저기 저 아이 말일세."

위연호가 이설화를 돌아보더니 고개를 끄덕였다.

"구해줬다기보다는 어떻게 얽히기는 했죠. 그런데 왜요? 뭐가 잘못됐나요?"

"잘못된 건 없네. 뭐가 잘못된 것이 아니라 고맙다는 말을 하러 왔네."

"아, 그러시군요. 네, 알았어요."

문이 다시 닫혔다.

그리고 그와 동시에 공무진의 얼굴이 푸들푸들 떨리기 시작했다.

그는 공무진이다. 매화검귀 공무진.

그가 어디서 이런 대접을 받아보았겠는가.

살면서 단 한 번도 누군가에게 이런 대접을 받아본 적이 없었다.

어릴 적부터 신동으로 애지중지 키워진 그이고, 나이가 들어서는 화산의 이름을 널리 알릴 기재로 인정을 받았다. 그리고 이제는 명숙의 반열에 들 그였다.

어느 문파의 어떤 이를 만나더라도 그의 이름만으로 저 자세를 이끌어낼 수 있는 사람이 바로 공무진인 것이다.

"허허허."

공무진이 허탈하다는 듯이 웃더니 다시금 말을 했다.

"이보게, 소형제."

"네?"

어른이 말을 하면 문을 열고 대답을 해야지.

"내가 감사의 인사를 하고 싶으니, 잠시만 나와보지 않으시겠는가?"

'어른이 말을 하는데 싸가지 없이 쏙 들어가 버리냐'를 곱게 돌려 말하는 공무진이었다. 아무리 속이 뒤집혔다고는 하나 명문에서 자란 그에게 이 정도의 예의는 필수적인 것이었다.

"그냥 들은 걸로 하면 안 될까요? 제가 지금 졸린데."

"……많이 피곤한 모양이군. 그렇지만 나도 지금이 아니면 시간이 나지 않으니, 자네가 조금만 나를 배려해 주면 고맙겠구만."

벌컥!

문이 다시 열렸다.

위연호는 무척 예의가 발랐다.

"하세요."

"……으응?"

"감사를 표하고 싶다고 하셨으니, 이제 하시면 됩니다."

뭘까, 이 기분은?

물론 그 말을 한 것은 공무진이지만…… 이건 뭐랄까,

뭔가 이상하게도 굴욕적인 기분이 들지 않는가.

"제자를 구해주어서 감사하네. 실례가 되지 않는다면 어느 분께 사사했는지를 알 수 있겠는가?"

"말씀드려도 모르실 텐데요?"

공무진의 입꼬리가 다시 떨리기 시작했다.

위연호는 솔직하게 말을 한 것이지만, 그가 듣기에는 그를 무시하는 처사로밖에 들리지 않았다.

"내 견문이 그리 짧지가 않네."

"그래도 모르실 텐데요?"

"……."

성질 같아서는 당장 검을 뽑아서 이놈의 볼기짝을 두드리고 싶었지만, 필사적인 인내심이 그것을 막아내고 있었다.

"정말 말해주실 수 없겠는가?"

"그게 아니라 제가 말을 해도 모르실 거라니까요. 왜 사람 말을 못 믿으세요?"

위연호가 답답하다는 듯이 가슴을 쳤지만, 그 모습이 예쁘게 보일 리가 없었다. 공무진은 결국 위연호에게 설명을 듣기를 포기했다.

"그렇군. 말을 할 수가 없다는 것이로군."

그 모습을 본 이설화가 사색이 되어 공무진에게 달려왔다.

"스승님!"

"가만히 있거라!"

공무진의 얼굴이 칼날처럼 날카로워졌다.

"그렇다면 그 무공에 직접 물어볼 수밖에 없겠군. 어떤 가, 자네도 일격에 탐화서생을 때려잡을 정도라면 그 무학에 자신이 있을 터. 나와 일 수를 겨뤄볼 의향이 있는가? 자네의 무학을 견식하고 싶은 마음에서 하는 말일세."

"스승님!"

"가만히 있으라 하지 않느냐."

이설화가 땀을 뻘뻘 흘리기 시작했다. 그의 스승은 매화 검귀 공무진이다. 그가 검귀라는 이름을 얻은 것은 검에 지독하게 파고드는 열정 때문이기도 하지만, 비무라 해도 상대의 사정을 봐주지 않는 독한 손속 때문이기도 했다.

그런 이가 새파란 어린아이와 손을 겨룬다니.

이것은 비무라는 이름으로 벌을 내리겠다는 말과 다르지 않았다.

"이것은 경우에 어긋납니다."

"네가 감히?"

공무진이 사납게 노려보자 이설화의 안색이 질렸지만, 결코 물러서지 않았다.

"제 은인이십니다. 제 면을 보아서라도 이번 한 번만 넘어가 주시면 안 되겠습니까?"

공무진이 가만히 이설화를 노려보았다.

"너의 은원과 나의 명예 중 어느 것이 더 중요하더냐?"

"······."

"나는 화산을 짊어지고 있는 사람이다. 내가 무시를 받았다는 것은 화산이 무시를 당했다는 말과 다르지 않다. 더 이상 나설 시에는 기사멸조의 죄로 다스릴 것이니, 더는 입을 열지 말거라."

이설화가 그 자리에 주저앉았다.

서문다연이 가만히 다가와 그녀의 어깨를 짚었다.

"걱정하지 마세요."

"네?"

서문다연이 이설화의 귀에 대고 나직하게 속삭였다.

"아무리 존장이라고는 하시나 당사자가 싫다고 하는데 억지로 싸움을 걸 수는 없을 거예요."

지금까지 그녀가 파악한 위연호라면 쓸데없는 싸움을 할 리가 없었다. 제 발로 걷기도 싫어하는 사람인데 비무라니, 그런 엄청난 일을 할 리가 있겠는가.

"거절할 거예요. 그리고 스승께서도 속은 타셔도 그 이상 강요하실 수는 없을 겁니다."

은혜를 입은 상황에서 은인을 겁박했다는 말이 퍼진다면 그도 얼굴을 들고 다니기는 힘들 것이다.

이설화의 얼굴에 희망의 빛이 어렸다.

그렇지만 안타깝게도 위연호는 다른 사람의 희망을 물거 품으로 만드는 데는 세상 누구와도 뒤지지 않는 사람이었 다.

위연호가 입을 열었다.

"사부가 말하기를……."

위연호의 눈동자가 천천히 가라앉았다.

"무엇이든 네 마음대로 해라, 무엇이든."

공무진이 고개를 갸웃했다.

이게 뭔 소린가?

하지만 그의 의문은 이어지는 위연호의 말에 풀렸다.

"하지만 나의, 그리고 너의 검에 도전하는 이들에게는 반드시 너의 위엄을 보여라. 그것이 나에 대한 너의 마지막 예의가 될 것이다."

위연호는 손을 뻗어 봇짐을 끌어내더니 천으로 둘둘 말 린 그의 애검을 잡아 뽑았다.

"사실 말을 하자면 저는 사부님의 말을 꽤나 잘 듣는 착 한 제자거든요. 다른 건 몰라도 검을 논한다면 결코 물러설 수가 없죠."

"호오?"

공무진의 입가에는 미소가 피어올랐고, 상황을 지켜보던 이들의 얼굴이 일시에 딱딱하게 굳어버렸다.

"그것참, 패기 넘치는 발언이로군. 그러면 내가 자네에게 도전하는 게 되는 것인가?"

"도전은 받아드리죠."

위연호가 빙긋 웃으며 말하자 공무진이 너털웃음을 터뜨렸다.

"도전! 도전이라! 이 나이에 도전을 하게 될 줄은 몰랐구만. 허허허, 도전이라!"

공무진의 몸에서 칼날 같은 기세가 피어오르기 시작했다.

도전이라는 말이 그의 자존심을 있는 대로 긁어버린 것이다. 세 치 혀를 몇 번 놀린 것뿐인데, 그가 새파란 애송이에게 도전하는 꼴이 되어버리지 않았는가.

"그럼 이 공 모가 귀하게 도전을 하는 바이오. 그대의 이름은?"

"위연호. 광동위가의 위연호예요."

"광동위가?"

공무진이 이를 드러냈다.

"그럼 자네가 정협검의 자식이라는 말이로군?"

"아버지를 아세요?"

"물론이지. 나는 언젠가는 이 검으로 정협검을 꺾어 그의 검이 결코 내 위에 있지 않다는 것을 증명하려 했다. 그 이전에 그 자식을 꺾는 것도 나쁘지 않겠구나. 너를 꺾으면 정협검이 나를 찾아올지도 모르니 일석이조라 할 수 있겠군. 자, 준비가 되었느냐?"

"준비는 언제나 되어 있죠. 그런데 말이죠."

"할 말이 남았느냐? 이제 와서 물리려 한다 해도 소용없다."

"아니, 그게 아니라요."

위연호가 검을 감싼 천을 풀며 입을 열었다.

"두 가지 착각하시는 게 있어요."

"두 가지?"

뭘 두 가지나 착각을 했다는 말인가. 그 짧은 말 사이에.

"하나, 저는 광동위가의 검을 쓰지 않으니 저를 꺾어도 광동위가와는 관련이 없다는 거지요. 이게 첫째고."

"위가의 검을 쓰지 않는다고?"

"두 번째는 저를 꺾는다고 하셔도 우리 아버지는 고소해할 분이시지, 복수를 한다고 그쪽을 찾아가지는 않을 거예요. 에…… 그리고 하나가 더 있었네?"

공무진이 허탈하게 웃고는 말했다.

"그래, 말해보거라. 들어주마. 마지막 할 말은 무엇인가?"

위연호가 검집에서 천천히 검을 뽑았다.

'하얀 검신?'

보기 드물게 새하얗게 빛나는 검을 보며 공무진이 의아해할 때, 위연호의 입에서 평소의 그와는 전혀 다른 묵직한 음성이 흘러나왔다.

"하늘 아래 검은 수없이 많으나[萬劍] 광검만이 오롯하다."

순간, 공무진의 전신에 소름이 돋아 올랐다. 너무나도 광오한 말이었다! 그 말인즉슨, 광검이라는 검이 천하제일의 검술이라는 뜻이 아닌가!

"어떠한 이유가 있더라도 광검에 도전한 자는 그 대가를 치러야 하는 법이죠."

위연호가 뽑아 든 검집을 바닥에 던지고 검을 들어 올렸다. 아침 햇살을 받은 위연호의 검이 찬란한 백광을 사방으로 뿜어냈다.

"조심하시는 게 좋을 거예요. 저는 게으를지 모르나 제 검은 결코 게으르지 않거든요."

위연호의 눈이 차가워졌다.

너의 검에 도전하는 이들에게는 반드시 너의 위엄을 보여라. 그것이 나에 대한 너의 마지막 예의가 될 것이다.

"물론이죠, 사부님."

*　　*　　*

"장보도는?"

"추지자의 손에 들어가게 해두었습니다. 사람들이 의심 없이 나산으로 몰려들고 있습니다. 독왕의 유고 역시 사천 땅을 들썩이게 하고 있습니다."

"천산의 동태는 어찌 되었느냐?"

"곧 움직일 것입니다. 시선을 이만큼이나 끌어주었는데 움직이지 못한다면, 그들은 너무도 무능한 이들이 될 것입니다."

"그렇구나."

노인의 손에 들린 가위가 앞에 놓인 분재의 가지를 가만히 잘랐다.

"보이느냐?"

"예. 보입니다."

노인은 분재를 보며 말했다.

"자연스럽다는 것은 좋은 것이지. 하지만 때로는 자연스러운 것이 보기 싫을 때가 있다. 분재 역시 마찬가지다. 아무리 좋은 분재라고 하더라도 자연 그대로 내버려 두면 쓸데없는 가지가 자라나서 모양이 흉해지기 마련이다."

"옳으신 말씀이십니다."

"그럼 적절히 가지를 쳐주어야 보기 좋은 분재가 되는 것이다."

노인은 가만히 가지를 하나 더 자르고는 말을 이었다.

"강호도 이와 다르지 않다. 그대로 내버려 둔다면 자연스럽게 살아갈 수 있을지 모르나, 그것이 꼭 옳은 방향은 아니다. 쳐내야 할 것은 쳐내야 제대로 자랄 수 있는 법이지."

"깊으신 뜻을 받들어 대계를 차질 없이 진행하도록 하겠습니다."

노인의 눈이 허무를 담아 하늘을 응시했다.

"이제는 우리가 홀로 섰음을 증명할 시간이구나. 그동안의 강호는 너무도 조용했지."

"잔잔한 호수에는 작은 파문도 크게 번져 가는 법입니다."

"그저 파문으로 끝나서는 안 될 것이다."

"예."

"보여주어라, 우리가 그동안 갈고닦은 날이 얼마나 날카롭게 서 있는지 말이다."

"명심하겠습니다."

장년인이 조용히 빠져나간 장원에서 노인은 한가로이 분재를 다듬었다.

마치 그것이 자신의 소명이라는 듯 느긋하게 분재를 다듬던 노인의 손이 일순 멈추어 섰다.

뚝!

가지 뒤에 가려진 작은 가지를 보지 못하고 함께 잘라 버린 노인이 눈살을 찌푸렸다.

"마음대로만은 되지 않는가?"

불길한 징조에 노인이 고개를 저었다.

"하지만 이제는 막을 수 없을 것이다."

노인의 입가에 낮은 미소가 피어올랐다.

〈『태존비록』 제6권에서 계속〉